ホームセンターごと
呼び出された私の
大迷宮
リノベーション!

フィオナ
中級冒険者。
罠に掛かりダンジョンの
最下層に
飛ばされた。
ちょっとあなた、大丈夫!?
どこから来たの?

……あっはい、大丈夫です。
マホ
ホームセンターが好きな女子高生。店舗ごと異世界に転移してしまう。

わあ……！

本物の……、ドラゴン……！
階段を登り切った先にあった広大な密室。
そこには巨大なドラゴンが眠っていた。

魔石を食べて巨大化してしまったペットたち。
久し振りの再会に喜ぶマホと、あまりの光景に
固まってしまったフィオナ。

ポチ
タマ
ナデナデしてニャ〜♪
ご主人〜〜♪
カイザー

CONTENTS

第一章

003

第二章

147

書き下ろし短編
『一〇日間でできる三つの異文化交流』

255

Home center goto
yobidasareta watashi no

DAIMEIKYU RENOVATION

ホームセンターごと呼び出された私の
大迷宮リノベーション！
星崎崑
illust. 志田
Home center goto yobidasareta watashi no
DAIMEIKYU RENOVATION !

第一章

「んん～？　なんで誰《だれ》もいないの？　今日、定休日だったっけ？」


その日、私は一週間ぶりに地元のホームセンター『ダーマ』を訪れていた。

ホームセンターは私の癒《いや》しであり、無限の可能性を秘めたオモチャ箱。

週末の朝はホームセンターから始まる……は言いすぎだが、私にとってはなくてはならないものだ。

……まあ、ホームセンターが遊び場になるくらい、田舎《いなか》というか地方都市にはなんも無いだけという説もあるが。

いつものように自転車を駐輪場に止めるが、なにか様子がおかしい。

人気《ひとけ》がないのだ。

「あれ……？　まだ開店前だった？」

朝イチで来たから、ちょい早すぎたのかな。

この店は、いつもオープン前から軽トラのオジさんなんかが、開店待ちしてるのが常であり、朝イチの銭湯のごとく、必ず客が待機しているものだが、今日は不思議と誰一人として客がいない。

とはいえ、シャッターは降りていない。

妙だなと思いながらも中に入ってみたら、店員すらいない。

棚卸《たなおろ》し休日とか？

ならシャッターが開いているのはおかしいんだよなぁ。

う～ん？

「前になんかのアニメで見たっけ。鏡《かがみ》の中の世界は物は同じようにあるのに、人間は誰もいない。なーんてね。——おお、君たちは無事かぁ」

このホームセンターにはペットコーナーがあり、小動物——担当の趣味だかなんだか、「小」じゃない動物も多い——が売られている。

とにかく、人間はいないが、ペットたちはいる。

マジでなんなん？

定休日なのにうっかりシャッター閉め忘れた？

いや、電気もついてるしそんなわけ——

「えっ」

考えながら誰もいない店内を歩いていると、とつぜん視界がブレた。

ドン！　と、遠くから大きな音がした次の瞬間、自分の体重が倍になったかのような感覚がして、私はその場にへたり込む。

それなりに運動は得意なほうだが、それでも立っていられない。

「な、ななな、なに⁉　地震？　あ、実は警報が出ててみんな避難してたとか……⁉」

だとしたら、とんだ大間抜けだ。なにが鏡面世界だ。

よほど大きな地震が来る予兆があったのだろう。

あるいは、どこかの国から核爆弾が落ちてくるからシェルターに避難とか、そういう話だったのかも？　スマホにはそんな通知が来てた記憶はないし、家を出てくる時も、ここに来るまでも、なんにもそんな気配はなかったけど——


いずれにせよ、もうどうにもならない。

一際大きく、グワンと揺れる感覚。

地面が揺れたのか、私の脳が揺れたのか。

その判断すらつかぬままに、私はその場で意識を失った。

◇◆◆◆◇

——！

——ねえ！

「——ねえったら！」

誰かに呼ばれている気がして目を開く。

女の子が目の前で私を覗き込んでいた。

どうやら、私に対して呼び掛けているらしい。

状況がイマイチ理解できない。

頭がボンヤリしている。

「――ちょっと、あなた！　大丈夫⁉　名前は？　どこから来たの？」

背中が冷たい。

どうやら床に倒れているらしい。

なんで倒れてるんだっけ……？

ホームセンターに来て、誰もいなくて、地面が揺れて――

寝たまま、頭を動かして左右を見る。

ホームセンターの商品は床に落ちていないから、地震ではなかったのだろうか？

電気もついたままだ。異常はない。

ボーッとした頭で目の前の女の子を見る。

サラサラ金髪の可愛《かわい》い子だ。

……………こんな娘《こ》、この店にいたっけ？　大きい店だから、店員さんを把握なんてしているわけがないんだけど、こんな若くて可愛い子がいたなら、なんとなくでも覚えていそうなものだけど。

新しく採ったアルバイトかな。

「ああ……、もう！　急にこんなものが現れるし、人は倒れてるし、どうすればいいの……！」

女の子が立ったりしゃがんだりしながら、頭を抱えている。

なにかとても困っているようだ。

うん。私がこんなとこで倒れているからだな。

「……あー、ごめんね。平気。平気です」

私は返事をして立ち上がった。

救急車を呼ばれる前に退散しなければ。

立ち上がると、まだ少しクラクラするけど、どっかにケガをしたわけじゃないし問題なさそうだ。

手ぐしで髪を整えて、服についた埃《ほこり》を払う。

女の子の他には、誰もいないホームセンター。

電気はついてるし……やはり棚卸し日だったのか？

ま、どっちでもいっか。今何時なんだろ？

「それじゃ、失礼しまーす」

私は女の子に会釈して、そそくさと出口へ向かった。

休みなのに店に入り込んで気絶するとか、我ながらワケがわからない。

あの揺れの原因はわからないが、私自身の問題だったと考えるしかない。病院に行ったほうがいいだろうな。

あ〜、親が心配しそう。

……そんなことを考えていたからか、その異常に気づくのに少しだけ時間がかかった。

自動ドアが開き、外に出た――のだが。

「――え？　ん……？」

さすがの私も二度見した。

目をこすってみたところで、目の前の風景は変わらない。

店から出る時、妙に外が暗いから、もう夕方なのかと思ったが違った。

「……壁？」

目の前――店を出て、駐車場を越えた、店と外を隔てるフェンスのあたりを境に、石の壁がそびえ立っていた。

「な……なに…………これ……」

天井まで続く、垂直に切り立った壁。

見上げると高さ30メートルくらいのところで折り返して天井へと続いている。

空は見えない。

大型ホームセンターだから、駐車場はかなり広いのだが、左右も後ろも、すべてが壁に覆われている。３６０度、すべて。

何が起きたのか、それともまだ夢でも見ているのか。

敷地すべてが石で覆われている、巨大な密室と化していた。

とても大きな部屋の中にホームセンターを敷地ごと入れれば、ちょうどこんな感じになるだろう。

実際に見ているのに、意味がわからない。

空間には、煌々《こうこう》と輝く光虫らしきものが舞っている。

反射的に手で捕まえてみると、その光は手のひらで霧散し消えていく。

「な…………なんだこりゃ…………」

ありえない。

でも……なら、なんだ？　あの時すでに私は死んでいて、ここは死後の世界だとか？

「――現実が理解できたかしら？」

声に振り向くと、そこにいたのは、さっき私に呼びかけていた店員の金髪女子だった。

「あっ、店員さ……ん……？　店員……？」

私はその時はじめて、彼女の全身をちゃんと見た。

光を受けてキラキラと輝く金髪《ブロンド》。

白銀《しろがね》の鎧《よろい》に身を包んだ姫騎士《ひめきし》姿。

腰には剣まで佩《は》いている。

「（えっ？）」

「もう一度、問うわ。あなたは何者？　名前は――」

「あのっ！　……コスプレイヤーなんですか？」

「こす……？　私はそのようなものじゃない。フィオナ。……ただのフィオナ」

「フィオナ……？」

名前からしても日本人ではないらしい。コスネーム……ではないか。コスプレイヤーではないって本人言ってるわけだし。

目鼻立ちがハッキリしてるし、外国人さんなのだろう。

それにしても、日本語上手《じょうず》。

「あ、あたしはマホ。マホ・サエキです」

「サエキ？　マホは貴族なの？」

「キゾク？　よくわからないけど、違うと思います」

「じゃあ魔術師《メイジ》？」

そう聞かれて私は首を振った。なにメイジって？　お菓子《かし》メーカー？

不思議なコトを言う人だ。

というか、この状況はいったいなんなんだ？

この人が何か知っているのかな？

「あの……他には誰かいないんですか？」

「いない……と思う。全部を調べられたわけじゃないからわからないけれど」

「この壁は？　こんなのありませんでしたよね？」

「壁は初めからあったよ。マホとアレが後から現れた。……正確には、この部屋はもっとずっと狭い部屋だったけど、アレが現れたら広がってこうなったの」

アレとはホームセンターのことだろう。

現れた……？

それってどういう――

「とにかく、マホ。今後のことなんだけど――」

と、言いかけたところで、フィオナの腹がグーッと盛大に鳴り、彼女は赤面した。

「お腹《なか》、減ってるんですか？」

「……うん、お恥ずかしながら……。もう三日も飲まず食わずで」

「三日⁉　大変じゃないですか！　ちょっと待っててください！」

走って店内に戻ると、電気が煌々とついたままだった。外は石の壁で囲まれているし、どこから電気が来ているのかは不明だが、今は助かる。

「食料、食料……っと。たくさんありすぎて選ぶのが大変だな」

お金は後で払えばいいだろう。誰もいないし。

状況が理解できているわけじゃないが、緊急事態には違いあるまい。

「三日も食べてないんじゃおかゆがいいかな？　確かレトルトのが売ってたな。えっと、卓上コンロと水と――」

カートを転がし、カゴにあれこれ突っ込んでいく。

「おまたせ～」

私はカートごと外に出て、フィオナと合流した。

キャンプ用品のところで売っていた簡易テーブルを広げて、あれこれ並べていく。

「できるまでこれ飲んでてください」

経口補水液とポカリスエット。

もしかしたら、すでにホームセンターの中のものを飲んだりしてるかもだが、なんとなく彼女は商品に手をつけてないような気がしたのだ。

ペットボトルを渡すと、フィオナは、不思議そうにそれを眺めて、振ったり両手で握ったりしている。

「どうしました？」

「えっと……どうやって飲めばいいのかわからなくて」

へ？　ペットボトルが開けられないとか、お姫様かなにかかな？　見た目は確かにそれっぽいけど…………って、ああ！　キゾクって貴族か！　なるほどね……って、なにがなるほどなんだか。

ペットボトルを開けてあげると、フィオナは「おお～」とちょっと子どもっぽく驚いた。

すごい美人だが、近くで見るとけっこう幼さを残した顔立ちである。

意外と年下の可能性もあるな。

フィオナが次から次へとペットボトルを開けていくのを横目に、私は食事の準備に取り掛かる。

卓上コンロに火をつけて、鍋《なべ》で湯を沸かし、そこにレトルトのおかゆを投入。

食器から何から何まで全部新品で謎の石室駐車場メシとは、人生なにがあるかわからないものだ。

「はーい。できた。召し上がれ。熱いから気をつけてくださいね」

「あ、ありがとう」

おかゆに、缶詰《かんづめ》、お菓子。

おかゆのお供は、外国人さんには梅干しは厳しかろうということで、鮭《さけ》フレークにしてみた。

「これは……なに？」

「おかゆですけど？　あ〜、食べたことない感じですか？　別に変なモノじゃないですから、大丈夫ですよ。ごはんを柔らかくしたものです。三日も食べてないなら、こういうもののほうがいいですから」

やはり外国の人なのかな。おかゆは確かに食べるシーンが限られるかもしれない。

日本人でも、そう頻繁《ひんぱん》に食べる物ではないし。

「美味《おい》しい……！」

ふーふーしてから、恐る恐る口に運んだフィオナだったが、やはり空腹には勝てなかったようで、一口食べると、すぐに飲み込むように食べ始めた。

なにせ、三日も食べてなかったのだ。当然だろう。

私だったら、二日目あたりで絶望して死んでるかもしれない。

「あ、慌てないで大丈夫ですよ。売るほどありますから」

私は追加のおかゆを温め、どうやら胃腸の状態も良さそうと判断、他のレトルトも温めた。

ホームセンターには薬局コーナーがあり、レトルトの介護食が揃う。栄養も十分だし、なにより手軽だ。

（肉じゃが、煮込みハンバーグ、麻婆豆腐《マーボー》、牛丼）

フィオナの食べっぷりを見ていたら、私もなんだかお腹が減ってきた。

よく考えたら、朝ご飯を食べてから、けっこう経ってるかも。

とはいえ、私まで勝手に食べるのはどうだろう？　ジュースだけにしておくか。

「おいしかった……。う……ほんとうに……………たすかった……う……ううっ」

食べ終わったフィオナは、身体《からだ》を震わせポロポロと涙を流しはじめた。

「……もう……ダメだと思ってて……。このまま死んじゃうんだって……。だから……」

たぶんお腹がいっぱいになったことで、安心して気が緩《ゆる》んだのだろう。

まだ詳《くわ》しいことはわからないけど、三日も食べてなかったということや、ここが密室であることを考えると、かなり壮絶な状況だったに違いない。

私はフィオナの肩を抱いて、彼女が泣き止むまでそうしていた。


「寝ちゃった」

お腹も膨れて、わんわん泣いて、そのままフィオナは私にもたれ掛かったまま寝てしまった。

ちょっとゆすったくらいでは起きないくらい熟睡だ。

可愛い寝顔だが、目の下のクマの濃さが疲れを連想させる。

ゆっくり寝かせてあげよう。

私はひとまず地面にそのままフィオナを寝かして、店へ。

寝具コーナーでマットレスと掛け布団《ふとん》を調達。

地面にそのまま敷くのは抵抗があったので、ブルーシートの上に敷くことにした。

「ふ〜む。鎧も脱がしてやるか」

欲を言えば、服もパジャマに替えさせたいが、そこまでやるのはおかしいか。

鎧はそこまで厳《いか》ついものではなく、胸鎧《ブレストプレート》と籠手《ガントレット》に脚甲《グリーブ》。

（ふ〜む。手作り感ある鎧だな。あっ、ここ壊れてる）

鎧は革ベルトで固定しているが、バックルの一つが壊れていた。

金具は一つ一つ手作りしているようで、形が歪《いびつ》だ。

鎧の下には分厚いダウンベストのようなものを着ている。

ともあれ、硬いものは脱がせたし、これならゆっくり寝られるだろう。

気温は安定しているし、とりあえず薄い毛布でも掛けておけばいいだろう。

この感じだとしばらくは起きそうもない。

さ〜て、私はどうしよっかな。

（それにしても、どうして電気が来てるんだろ？）

ホームセンター『ダーマ』の周りを一周してみたが電線は途中でちぎれており、この場所が外界から隔離されているのは間違いない。

そのはずなのに、電気はある？　謎だ。

でもまあ、電気があるのとないのでは全然違う。

フィオナはここに「閉じ込められている」と言った。

助けが来るまでにどれくらいかは不明だが、ここですごす必要があると考えるのが自然だろう。

それにしても、これはどういう状況なんだか。

フィオナに訊《き》きたかったけど、寝ちゃったしなぁ。

私はなんとなしにペットコーナーに向かった。

いつもは店員さんが彼らの世話をしているわけだが、今は当然誰もいない。私がやらなかったら死んでしまうだろう。

意外な責任が発生してしまった。

私が近づくと動物たちが騒ぎ出す。

最後にエサを食べてからどれくらい経ってるのか、ハラペコらしい。

「は〜い、ちょっと待っててね」

ホームセンターのちっこいペットコーナーだからか、そんなに数がいなくて良かったが、担当の趣味なのかなんなのか、犬に猫に魚にトカゲにハムスターと節操なく置かれているのは、どうかと思う。

しかも、犬は「秋田犬」、猫は「ベンガル」、魚は「アロワナ」、トカゲは「フトアゴヒゲトカゲ」だ。ハムスターは普通にジャンガリアンだけど。

（まあ、犬猫はエサが楽だから不幸中の幸いか？）

私はそれぞれにエサをあげて、糞《ふん》尿の掃除をした。

いよいよ出れないとなれば、彼らを解放してもいいが、魚だけはちゃんと世話をしないとすぐ死んでしまうだろうな。逆にハムスターは増えてしまうから、個別管理したほうがいいだろう。

トカゲのエサだが、私は親がいろんな動物を飼育していたので、ある程度は知識がある。

まあ、コオロギをまるごとあげるわけですけどね。コオロギたちは数に限りがあるわけで、ここで助けを待つ時間が長くなりそうなら、繁殖も視野に入れる必要があるだろう。

こちらも、電気があるならそんなに苦労はない。

餌《えさ》やりの後、私は子犬（ポチと命名）を連れてホームセンター内部を回った。

私以外の人間がいるかもしれないし、少なくとも状況の把握に努める必要があるからだ。

「事務所にもヤードにも、ガソリンスタンドのほうにも誰もいないっぽいなぁ」

電気は来ているのに。

まあ、こんな異常事態なわけだし、何人も巻き込まれてなくてよかったたって思っておこう。

駐車場全体が密室の中に入っているから、かなり広大な空間だ。

私はポチをケージに戻し、外壁を一周回ってみることにした。

壁をコツコツと叩《たた》いてみるが、石でできており、かなり硬く重そう。

破壊するのは無理そうだ。

「で、出口らしきものはあれだけ……と」

壁には一カ所だけ、大きくてゴツい立派な扉があるのだ。

たぶん、フィオナの腕力ではどうしても開けられなくて絶望しているとかなんだろうが、なんたってここはホームセンター。どうにでもなる。

「フィオナが寝てる間に、出口を確保しておいてやろうか」

高さ三メートルくらいの巨大な扉だ。

錆納戸《さびなんど》色の金属製で、鉄の輪っかがついている。

普通に私が引っ張っても開きそうにないが、トラックで引っ張れば開くだろう。

ホームセンターには配達用のトラックが数台置かれているのだ。免許はないが、オートマの運転ならなんとかなる。広大なスペースもあるから、練習したっていいしね。

「いちおう試してみるか」

案外、かる〜く開く可能性もあるもんな。

「よいしょ。ん？」

ギィ〜〜〜〜〜っと音を立てて、普通に開いてしまった。

「なんだ、開くじゃん」

扉の先は外ではなく、長い昇り階段だった。

一番上は見えない。

「地下ってことなのか？　大丈夫なのかな、ここ。酸欠とか、ガスとか……」

そんな心配をしながら、私は階段を上っていく。

空気の流れを感じるから、酸欠になることはなさそうだが、ガスやらなんやらはちょっと心配だ。

目に見えない毒ガスでもあれば、即死だ。ホームセンターにガス検知器とか売ってたっけかな……。

小鳥ちゃんでもいれば、坑道のカナリア代わりになったかもしれない。

「……それにしても、この音はなんだろ」

ブオー、ブオーと地響きのような音が聞こえてくる。

階段の長さはそれこそ100メートル以上もありそうだが、音はこの先から聞こえてくるようだ。

「わぁ……！」

階段を上り切った先は、外ではなく、また巨大な密室だった。

下とそれほど変わらない巨大空間で、天井も高いが、何本もの柱によって天井が支えられてると
いう点が、下階との違いかもしれない。

ブオー、ブオーという音は、そこにいる生物の呼吸音。

厳密には、いびきの音だった。

艶々《つやつや》に輝く真紅《しんく》の鱗《うろこ》。

鋭く突き出た幾本もの角。

太く鋭い爪《つめ》。巨大な翼。

「…………うそ……。本物……だよね？」

圧倒的な存在感で、それはそこにいた。

際立つ異常。地球上には存在し得ない生命体。

それはおとぎ話に出てくる伝説の竜。

「……ドラゴン」

感動していた。

ドラゴンは眠っているようだったが、その巨大さ、優美さ、力強さ、気高さ、そのすべてが、これまでに見てきた生命とは別格であり、ただただ美しかった。

◇◆◆◆◇

「……ん、あれ？　私……どうしたんだっけ」

目を覚ましたフィオナが状況を理解するには、しばらくの時間を要した。

寝ぼけ眼《まなこ》をこすり、あたりを見回す。

十分な休養がとれた感覚があった。

身体の下には柔らかい寝具。

眠る前にはなかったはずだ。だとしたら、あのマホという少女が用意してくれたものなのだろう。

記憶を呼び起こす中で、マホに肩を抱いてもらいながらワンワン泣いたことを思い出して、フィオナは赤面した。

強くあらんと心に決めて迷宮に挑んだはずだった。

だが、彼女の性根は未だに弱く脆《もろ》い少女のまま。

そのことがあっという間に露呈《ろてい》してしまった。

「……あの子は？」

周囲には人影はない。

あの「ホームセンター」とかいう建物は、相変わらず煌々と光を放ってそこにあるが、マホの姿はどこにも見えなかった。

「マホ！　いないの⁉」

心細さがぶり返してくるのを感じ、フィオナはホームセンターの中を走った。

だが、どの通路の先にもいない。2階に上がってもいない。

どこにもいない。

「も、元の世界に戻っちゃったとか……？　や、やだ。やだよ……！」

気づけば名前を呼びながら走り回っていた。

フィオナは腐ってもそれなりに場数を踏んだ探索者だ。

それなりに多くの魔物を狩ってきた、その身体能力は迷宮に順化していない人間とは比べるべくもない。戦士の加護を持ち、神との魔法契約すら果たした才媛である。

広いホームセンター内であろうと、くまなく見て回るのにそれほどの時間を必要としなかった。

だが、マホの姿は見えない。

「い……いない……。どこにも……」

本当にいなくなってしまった。

物資はありがたいが、また自分だけになってしまったことへの恐怖と悲しみで、フィオナはまた涙を流しかけたが、ふと視界に映ったソレに気づき、慌てて駆け寄った。

「開いてる⁉　なんで？　私がなにをしても開かなかったのに⁉」

上の階層へ続く扉の存在は、もちろんフィオナとて最初からわかっていた。

だが、どうしても開くことができなかったのだ。

魔法的ななんらかの措置が施《ほどこ》されているであろうことは明白で、要するに詰んでいたのである。

「……もしかして、マホが開けたの……？　私が寝ている間に……？　私がちゃんと説明しなかったから⁉　でも、勝手に上に行くなんて……！　この上には、たぶん――」

階段を駆け抜けたフィオナは、ひとつ上の階層に出た。

「う……うそ…………」

そこにいたのは、伝承に聞く朱《あか》い竜。

フィオナも実際に見るのは初めてだ。それどころか、フィオナはドレイクもワイバーンすら見たことがない。

こんな巨大な魔物は、彼女が主に活動してた6階層や7階層には出てこないのだ。

（レッドドラゴン……！　それに、これ……竜王種……⁉　精霊色の鱗と、同色の竜皇気を持つ竜は、竜の中でも別格の存在だって……それが、メルクォディアのラストガーディアンだっていうの……⁉）

おとぎ話めいた英雄譚《たん》に語られる、竜の王。

人語を解し、古代魔法を駆使し、灼熱《しゃくねつ》のブレスを吐き、その強靭《きょうじん》な爪で万物を引き裂く暴力の権化。彼ら竜王種のほんの気まぐれで、古代に繁栄した都市がまるごと壊滅したという伝説すらあるのだ。

今は眠ってるようだが――

うなり声はドラゴンの寝息だった。

そして、そのすぐ近くに、小さな人影。

(あの娘――なにしているの)

フィオナは足音を立てないようにマホの元《もと》へと向かった。

なにせ、ドラゴンがもし目を覚ましでもしたら、あっというまに殺されてしまうだろう。

当然、こんな最下層では蘇生《そせい》も期待できない。

(怖い……！　もう……！　どうして、あんなとこに突っ立ってるのよ……！)

それでもなんとか、すり足でマホの下まで辿《たど》り着いたフィオナが見たのは、小さな四角い板を胸に抱くようにして、巨大な竜を見つめるマホの姿だった。

濡れた瞳。うっとりとした横顔。

まるで、長年の恋人を見つけたかのような――

(な、なんなの……？　魅了の魔法にでもかかったとか……？　でも、まだドラゴンは寝てるみたいだし……。理解不能……)

「フィオナさん、見てくださいよ。こんなに立派な生き物がいるなんて……。すごい……きれいですよね……」

フィオナに気づいたマホが、感動に声を震わせながら言う。

その言葉はフィオナの理解の外にあったが、いずれにせよこんなところにいつまでもいるわけにはいかなかった。ドラゴンが何の拍子に目覚めるかわからないのだ。

「馬鹿《ばか》なこと言ってないで……！　戻るわよ……！」

「え？　まだ見たいところあるんだけど――」

「わ、わー、大きな声出さないで……！　ほら、もう！」

「わわっ」

テコでも動きそうにないマホをフィオナは抱え上げ、そのまま部屋から脱出した。

ドラゴンは最後まで目を覚ますことはなかった。

◇◆◆◆◇

ガシャンと扉を閉めたフィオナは、私《い》を床に降ろしてへたり込んだ。

はあはあと息を切らしている。

人間一人を抱えたまんま、階段を駆け下りたのだから、当然か。

「すごいですね！」

「なにがよ！　ドラゴンのこと？　それとも、あなたを運んだ私のことかしら⁉」

「どっちもです！　あ、写真も撮ったんですよ。これ見てください」

まさかドラゴンをこの目で見られるなんて！

あの立派なピカピカに輝く赤い鱗。おっきな牙。圧力すら感じる身体！

どうやって、こんな場所であの巨体を維持してるのかわからないけど、食事によるものでないのは間違いないだろう。糞らしきものもなかったし。

変温動物でもないんだろうから、なんだろうな？

やっぱり神様的な存在で、不老不死《ふろうふし》だとか？

そうであっても不思議でもなんでもない。あんな象より大きな生き物が、こんな閉鎖空間で寝てるくらいなんだから。

「この写真もいいでしょ？　これ、鱗を接写してみたんだけど、光沢すごいよね。ほら、私の姿が映るくらい」

写真も上手く撮れた。

スマホの電源もホームセンターで充電できるだろうし、デジカメを使ってもいいな。

アンテナが立ってれば、お父さんにこの画像を送って自慢したいところだった。残念。

「マホ……あなた、何者なの……？　アレが怖くないの？」

「怖い……？　あ～、そりゃ怖いよ？　でも、ドラゴンに食べられて死ぬなら別にいいかなって」

うちのお父さんなんて、死んだら死体を海に流すか、鳥葬《ちょうそう》にしてくれって言ってたしな。

まあ、私は死んだ後のことなんてどうだっていいんだけど、こんな超常的な状況になっているわけだし、死ぬならドラゴンに食い殺されるのがいい。

あっ、でもアレって食事とかするタイプじゃないっぽいか。残念。

「私は良くない……。まだ、死にたくないし……」

「そりゃ、私だって死にたくはないけど。まあ、ちょっと夢中になっちゃっただけだから、次はもっと慎重にやるよ」

「次って……なんで、そんな無邪気《むじゃき》にしていられるわけ？　あれを倒さなきゃ脱出は絶望的なのよ⁉　ああ〜、もしかしたら魔物がいない可能性も考えてたのに…………」

「まあ立派なドラゴンでしたもんね。私、あんなの初めて見ました」

「あ！　上への扉があったし、あそこから上に行っちゃえばいいんじゃない⁉」

「上に行ってる間に竜が起きたら戻ってこられなくなりますよ？」

「そうじゃん！　やっぱ倒すしかないじゃん！　ああ〜〜、もうダメよ。あんなの倒せっこない！　私はここで死ぬんだわ！」

地面に力なく座り込んだまま、うう〜と呻《うな》りながらポシェットからタバコのようなものを取り出すフィオナ。

火はどうするのかな？　と思いながら見ていたら、指先からライターくらいの火が出て、それでタバコに点火するではないか。

そのまま、モクモクと吸い始める。

「ああ〜………」

ガンギマリ顔で、涙を流しながらタバコを吸うフィオナ。

甘い香り。なにか、とてもヤバそうな草である。

姫騎士かと思ったら、想像よりずっとヤバい奴だった。

「うぇえええええんん。もうどうしようもないよぉ……。こんなとこに閉じ込められたまま死ぬんだ〜〜〜〜」

「フィオナさん、タバコなんて吸うんですね」

「ルクヌヴィス様、大精霊様、私をお助けくださぃ。ルクヌヴィス様、大精霊様、私をお助けください。あの邪魔なドラゴンをお倒しくださいませぇ〜〜〜」

私の言葉を無視して、呪文《じゅもん》のように唱えはじめるフィオナ。

ちょっとトリップしちゃってる感じだ。いや、それより気になること言ったな。

「……ん？　あの竜、倒しちゃうんですか？」

「はぁ〜!?　あなた、あのドラゴン見たでしょう!?　あれは、竜王種というやつよ。あんなの倒せるはずないでしょ！」

「ごはんとかあげれば意外と懐いたりするんじゃないですか？　あ、でも食いでがあるものはあんまないか……。いや、そもそも食事とか摂《と》らない習性の可能性が高いから、その場合なんだろ……日光――明かりとか？　そもそも、食事しないなら襲われる可能性自体が――あ、ナワバリか。そうなると厳しいかもな……そもそも、この場所だって――」

「なにをブツブツ言ってるのよぉ〜。ごはんなんて……私たちがごはんになっちゃうに決まってるじゃない……」

「まあ、それはそれで本望というか」

「私は本望じゃないいいいいいい」

地面に突っ伏しておいおいと泣き、ときどき御禁制っぽいタバコを吸ってキマるフィオナ。

私は、ため息をついた。

「しょうがないですね。生きてるものなら殺せると思いますよ？　それなりに支度はいるだろうけど」

殺したくはないが、どうやらあの竜を殺さなければここから出られないというのなら、仕方がない。ドラゴン（竜）かフィオナ（人）かどちらを取れと言われて竜を取るほど血迷ってはいないつもり。

フィオナは、私の言葉に顔を上げた。

「そうなの……？　倒せるの……？　マホって実は強い？」

「いえ、めちゃくちゃ弱いですけど」

「じゃあ、どうやって」

「どうもこうも。これだけの道具が揃っているし。ゲームで言えば、アイテムが無限にあるようなものですから。それに、どんだけ強かろうが生き物でしょ？　そもそも、人間が倒せるようにできてるやつなら、こんだけ物資があれば楽勝でしょ。殺せる殺せる！」

生き物ってのはね。案外、簡単に死ぬものなんだよ、フィオナ。

◇◆◆◆◇

状況を整理するために、私は食事の用意をすることにした。

なにせ、けっこうずっと何も食べていないのだ。さすがにお腹が減った。

腹が減っては良い案も浮かぶまい。

フィオナが言うには、私はかなり長い時間ドラゴンを見ていたらしい。確かにスマホの時間もかなり進んでいる。

ちなみに、アンテナは無反応。

ここがどこかは知らないが、救援を呼ぶのは難しいだろう。

いちおうホームセンター内の電話も試してみたが、こちらも不通。事務所のPCは起動できたが、インターネットはダメだった。

(細かいことは後でフィオナに訊くとして、今は腹ごしらえだな)

といっても、グラノーラとかで十分だろう。

日持ちしない牛乳やらヨーグルトやらは、さっさと消費してしまったほうがいいだろうし。

さすがに、この期《ご》に及んでお金がどうのとか言ってる場合でもない。

私がホームセンターへと行こうとすると、フィオナに手を掴まれた。

「ど、どこいくの?」

「どこって、ちょっとそこまで食料を調達しに行くだけだけど」

「私も行く」

そう言って手を繋いだまま、私たちはホームセンターへ向かった。

なんだか、突然懐かれてしまった。餌《え》づけか? 餌づけの効果か?

「グラノーラ、グラノーラっと。どこだっけ？」

「ぐらのーらってなに？」

「……なんだろうな？　乾燥させた豆と雑穀？」

「あ〜、ミュースリーみたいなもの？」

「私はそのミュースリーがわからないよ」

まあ、おかゆも食べられたし、グラノーラのほうが西洋風な食べ物なわけで、フィオナも普通に食べられるだろう。牛乳はどうだろうな？　まあ、そこは試していくしかない。

「こっちは、病人食しかないし……ん？」

「どうしたの？」

「いや、なんか違和感が。なんだろ」

食料品コーナー。別になにも変なことなんて――

「……あれっ？　おかゆってこんなにたくさん残ってたっけ？」

最初にフィオナに食べさせたときに、まあまあたくさんカゴに入れたから、残ってたとしても数個のはず。だが、今は棚にぎっしり詰まっている。まるで、誰かが棚入れしたみたいに。

おかゆ以外のレトルトおかずも見てみたが、そちらも元の状態に戻っていた。

「…………復活してる……ってこと？　それとも誰かが補充した？」

「誰かって？」

「店員の亡霊とか……」

「亡霊ってゴースト？　この階層には魔物はいないよ？」

これだからゴーストが普通にいる世界の住人は……。

まあしかし、物が復活するのもありえることなのかも。

電気が続いていること自体がすでに空前絶後《くうぜんぜつご》の異常だからな……。

「実験してみるか」

おかゆをカゴに入れる。当たり前だが、棚からおかゆは減り、別に復活もしない。

「どうするの？」

「とりあえず、ここで見守ってみよう。店員の亡霊が来るのか、それとも……」

なにせ時間はあるのだから、解決できる謎は解決したほうがいい。

待つことほんの五分。ポンッ、と。おかゆがいきなり棚に出現した。

「えっえっ⁉　なんで⁉」

フィオナが戸惑いの声をあげる。

おかゆを手に取り、さっき私が取ったやつと比べてみる。完全に同一の品だ。

つまり――

「やったね、フィオナ！　無限在庫だよ！」

「ってどういうこと？」

「何年でもここで生きられるってこと！　衣食住が完璧に揃っちゃったね。私とここで永久就職するかい？」

「しない……」

がーん。いきなりフラれたわ。冗談だけども。

まだあのドラゴンより先のことはわからないわけで、この場所からずっと出れない可能性もあるわけだ。その時、どれだけ在庫があるといっても、やっぱり心細さがあったわけだけど、これでほぼ詰みはなくなった。

同一の品が補充されるということは、賞味期限も元に戻るんだろうし。

……いや、だからって死ぬまでここで暮らすつもりはないけどさ。肉体より先に精神が限界に達しそうだし。

とはいえ、バックアップは強力なほうがいいに決まっているもんね。


無限在庫に沸いた私たち（主に私だけ）だったが、今はそれより大事なことがある。

腹ごしらえをして、フィオナから情報を引き出したりとか。

「はい。これがグラノーラだよ。ミルクとかヨーグルトとかはお好みで」

「かわいい！　たくさんナッツが入っておいしそう！」

「キラキラ女子みたいな反応だな……」

どうやらおかゆよりは見た目に馴染《なじ》みがある食べ物だったらしい。

躊躇《ちゅうちょ》せずにパクパクと食べている。

私は歯に挟まるからあんまり好きじゃないかも。味はおいしいけど、和食派だからな。

電気はあるし、次は炊飯器でごはんでも炊いてみるか。

あ、そういえばフィオナに敬語を使うのをやめた。

理由は……ヤバそうな草をモクモクさせながら、だら～りとした姿を見てしまったから……かな……。

食べながらフィオナから情報を引き出す。

「私、あそこで倒れててフィオナに起こされたけど、倒れている間になにがあったの？」

「何があったっていうか……マホは突然現れたのよ？　この建物ごと。正確には建物が現れて、中に入ったらマホが倒れていたというのが正確かな」

というと、ホームセンターが主で、私は副かな？

いや、その逆もあるか。だいたい、私の他に誰もいなかったという状況自体がおかしいわけだし。

「ちなみに、私は転移の罠に引っかかって、ここに飛ばされたんだ。ここの宝箱には、たまにそういう罠が仕掛けられていて。そのおかげで、私はここでもう三日も――」

「たからばこ？　わな？」

（聞き馴染みのない単語だ。ゲームみたいな？　フィオナも姫騎士みたいな格好だし……でもコスプレじゃないっていうし、ドラゴンまでいるし、それにこの場所だって――）

実のところ、私はこの時に至るまで、まだ、状況を――つまり、異世界転移してしまったということを、キッチリとは理解していなかった。

そういう漫画やアニメは見たことあったけど、そんなことが自分に起こるなんて想像もしていなかったし、それならまだ、死後の世界といったほうが現実的だ。

壮大なドッキリの可能性も…………さすがにそれはないか。

（う～ん？　結局なんなんだ？　やっぱ夢なのかな……。だって、だってだよ？　ホームセンターで気絶して、起きたらホームセンターごと異世界転移してました！　な～んて、荒唐無稽《こうとうむけい》とかいうレベルすら超越してない？　絶対、これ夢だよ。夢。だって、あんな立派なドラゴンがいるなんてさぁ～。古典的な頬ツネリなんかやれば、ほーれ痛《いた》みなんていたたたたたたた）

「ちょっと、聞いているの？」

「あっ、ごめん。考えごとしてた」

「考えごとって……、自分の頬をつねり上げながら？」

「我が国の伝統的な判定法でございまして」

ジンジンと痛む頬をさする。

てか、普通に痛かったんですけど！

「それで、あなたどこから来たの？」

「日本から？」

「ニホン？　なんで自分でも半信半疑な感じになってるのよ……」

「あ～、やっぱり日本って聞いても知らない感じかぁ……」

「それに、あの建物はなに？　商店……にしては大きすぎるよね？」

「あれはホームセンターといって……、見たほうが早いし、案内しようか？」

知識を共有するためにも、中を案内することにした。

なにか新しい発見があるかもだし、まだ調べてない場所もある。

フィオナは、意外とおっかなびっくりした感じについてきた。

見た目は姫騎士という感じなのに、案外小心者なのだろうか。

……いや、たぶん彼女にとっては、なにもかもが見慣れないものなのだ。それが、どういう品なのかわからなければ慎重にもなる。そういうことなのだろう。

フィオナに説明しながらも、私は状況の把握に努めた。

ホームセンター「ダーマ」は田舎のホームセンター特有の異常な広さを誇り、園芸用品や資材関係は当然として、ガソリンスタンドまで併設されている。

まだ確認していなかったトイレや屋上なんかも確認してみたが、私たち以外の人間は発見できなかった。

◇◆◆◆◇

「――つまり、この建物は、あなたの世界のほーむせんたーっていう大きな雑貨屋で、あなたはこの『転移』に巻き込まれただけだっていうのね？」

「フィオナの話を信じるなら……そうなるかな。どうも、私のいたのとは、違う世界みたいだし」

「ふーん。じゃあ食べるのには当面困ることなさそうね。さっきの美味しいやつ、まだあるんでしょう？」

「勝手に食べちゃっていいのかはともかく、数年は問題ないかな」

厳密には永遠に問題ないかもだけど、その前に私たちの精神がどうにかなると思う。

「当面の危機的な状況は脱したってわけか」

フィオナはそう言って、なにかを考え始めた。

表情を見ても、だいぶ余裕が出てきた感じがする。まあ、閉じ込められてるといっても、そのうち助けが来るだろう。フィオナ、姫騎士風だし、たぶんそれなりにいい家の生まれに違いない。

「あのぉ……」

私はソロソロと手をあげた。

「それで、結局この場所はなんなの？」

「えっ？　さっき説明したのに、聞いていなかったの？」

「そうだっけ？　ごめん、聞いてなかったわ」

頬をつねったりしてる時に話してくれてたらしい。

だって、異世界転移しちゃってることに気づいて、半分脳内パニックになってたんだよ。

私は悪くない。


ホームセンターの駐車場の隅。壁際に黒い石碑《せきひ》のようなものがある。

ツルっとした黒い石でできた、シンプルだけど雰囲気のあるやつで、サイズは私の身長より少し高いくらい。

もちろん、こんなものはダーマにはない。事務所には神棚があったけど、それくらいだ。

「私が宝箱の罠で、この階層に飛ばされてきたって話はしたわよね？　あなたが、ここに呼ばれたのは、おそらく私がこの石碑で『助け』を願ったからよ」

石碑には水晶玉のようなものが埋め込まれていて、今は割れていた。

「願いを叶える宝玉の噂《うわさ》はもちろん知っていたけれど、正直……半信半疑だったのだけどね。まあ、実際マホが助けなのか、私にはよくわからないけど――」

「助け……」

じゃあ、私がこんなところにいるのはフィオナのせいじゃんかー！

……とは、さすがに言う気になれなかった。

呼ばれちゃったのはどうも事実みたいだけど、彼女だってこんなことになるとは想像してなかっただろうし。まして、罠にかかって閉じ込められちゃってるような状況でなら、なおさらだ。

「じゃあ、あのドラゴンを倒せば解決ってこと？」

「あ～、そうだったらまだ良かったんだけど……」

「まだなんかあるの？」

「いや……さっきも言ったけど、ここダンジョンだから」

そういえばそんなこと言ってたな？

しかも、最下層とも言ってなかったっけ？

「あの、ここ地下ってこと？　けっこう深い感じ？」

「そうよ。生きてここから出るには、強大な魔物ひしめく何十階層もの道を上っていく以外に方法がない……ね」

「はぁ～、なるほど。ダンジョンの最下層……逆攻略しなきゃ出れないってことですか。だから、フィオナはどうすることもできずにいた……と」

なるほどなるほど。完全に理解したわ。

「いちおう確認しておくけど、助けを待つんじゃダメなの？」

「そりゃ、もしかしたら最下層まで攻略する冒険者が来る……可能性はゼロじゃないけど。ここってかなり人気がないダンジョンだからなぁ……。期待薄」

フィオナによると、ここはメルクォディア大迷宮とかいう名前で、14階層までしか踏破されておらず魔物も強くて厄介《やっかい》……だとのこと。

一般的なダンジョンでは、最下層は浅くても10階層。発見されていて、踏破されているもので最深で30層。それ以外にも、踏破されておらず、最下層が地下何階なのかわからないダンジョンも多いのだとか。ここが全15層とか20層なら、すぐ脱出できそうではあるが、フィオナによるとその可能性は低いらしい。ダンジョンは、第1層の広さでだいたいの規模がわかるらしいのだが、ここは「大迷宮」と言われている通り、世界最大規模なのが確定しているとか。

なるほど、そりゃ助けは期待できそうもないわ。

「じゃあ、攻略してくしかないかぁ。ま、なんとかなるでしょ」

「……どうしてそんな楽観的なの？　魔物の強さがわかってないから？」

「だって、これだけ物資があるんだぜぇ？　余裕、余裕」

「そうかなぁ……」

まあ、実際のところどうなのかなんてわからないけど。

そんなこと言ったって始まらないのだから、ゆっくりやればいいのだ。物資もある。試している
うちに、解決方法もいつかは見つかるだろう。

大丈夫、大丈夫。

「な……なんで笑ってるの……。状況、本当にわかってる？」

わかってないかもだけど、だとしてもこれから嫌でもわかることになるのだ。

今の段階で、いきなり絶望するのはバカバカしい。

そんなことより、私は異世界に呼ばれたということ自体に、ワクワクしているのだ。

だって、異世界に呼ばれるなんて！　しかも、大好きなホームセンターといっしょになんて！

あのドラゴンは倒さなきゃダメっぽいけど、まだ見ぬ生物、まだ見ぬ未開の世界が私を待ってい
るのだ。

うお～！　絶対、生きて二人で脱出すっぞ！

◇◆◆◆◇

というわけで、さっそく脱出のための第一歩。

あのドラゴンちゃんには死んでいただくより他にない。

「じゃあ、フィオナ。これ片っ端から全部中身出しちゃって」

「これはなに？」

「タバコ。フィオナが吸ってるのと同じ……ではないと思うケド。似たようなものかな」

フィオナが吸ってるのはたぶんご禁制のやつだろうから。

異世界だからセーフだ。

「ふーん。もらってもいい？」

「どうぞ。あ、ライターもあるよ」

「わ、すごい。魔導具」

魔導具ではないです。てか、やっぱあるのか魔法のアイテム。

すごいって言うくらいだから、まあまあ貴重なのかな。ライターを売り捌《さば》くだけで一財産築けてしまう！

「へぇ。まあまあね」

ぷか〜とふかして感想をもらすフィオナ。

ご禁制のアレじゃなくてもいいらしい。

私はタバコを解体し、葉っぱだけを業務用の寸胴鍋《ずんどうなべ》に移していく。

その鍋に水を入れ、卓上コンロで煮詰めていく。

「それで、それなにをやっているの？」

「ニコチンっていう毒の抽出。あのドラゴンに効くのかはわからないけどさ、やっぱ時間があるってのがキモなわけよ。あいつが最下層の主で一番強いわけでしょ？　そんならアレを倒せればクリアしたようなものじゃない？」

生きてるなら毒は効くはずだけど……異世界だし、魔物だしなぁ。

他にもホームセンターには農薬とか殺虫剤とか殺鼠剤《さっそ》とかヤバめの薬が大量にある。

残念ながら私自身には化学の知識がほとんどないから、なにがどう効くか想像もできないが、猛毒のチャンポンを食らわしてやれば、多少は効くだろう。……多分。

「あっ、そうだ。フィオナ、服脱いで」

「うん。……って、えっ⁉　服⁉　なんで？？？」

「食べ物は私の世界のものでも大丈夫のようですが、もしかしたらお身体に違いがあるかもしれませんから、確認しておきませんと」

「なんで急に敬語になるの⁉」

ここは異世界なのだ。

フィオナはパッと見たところ私と同じ人間だが、厳密には別人種。

調べられることは事前に調べておくべきだろう。

「そ……それは、ドラゴンを倒すのに必要なことなのっ……⁉」

「当然」

毒で異世界の生物を殺そうというのだ、一番身近なサンプルを調べるのは当然である。

異世界美少女の裸が見てみたい……などという願望から言っているわけではない。

ないったらない。

「う、う～。必要なら……わかった」

「そんなに恥ずかしがらなくても、私とフィオナの二人しかいないんだから。あ、私も脱ごうか？」

「結構です！」

すでに道具類は用意してある。聴診器《ちょうしんき》と、血圧計と、オキシメーター、心電図、体重計も。

フィオナが恥ずかしそうに顔を伏せながら服を脱いでいく。

……サバサバしてないのが逆にエッチなんですけど。

迷宮の岩肌に白い肌が映える。私が写真家だったら、何枚も激写してるぞ。

「ぬ……脱いだけど」

「じゃあ、失礼しますね」

とりあえず、外見。肌はめちゃくちゃ綺麗《きれい》だけど、ひとまず地球人と変わらず。

聴診器を当てて音を聴く。比較対象は私。う～む。これも同じっぽいか？　少なくとも心臓は同じ位置で、同じように鼓動している。

内臓まで同じということは、異世界なのに完全に同じ人間ってことだろうか。

あの、指先から火を出すやつは、外部要因ということかも？　あるいは、脳由来か。特殊な臓器が別にある可能性もあるか？

まあ、わからん。

「平熱は少しフィオナのほうが上かな。体温計で測ってみようか」

体温は37．6度。

私だったらダルくなるくらいの熱だが、フィオナにとっては平熱らしい。ここは地球人とは違う部分かも。

「うん……骨のつき方も形も同じだし……、耳も鼻も口も……あ、歯の数も同じ……？　生殖器は」

「そ、そこはダメー!!」

「わ、わわ。ごめん」

デリケートな部分だからな。

医学的には非常に重要な箇所ではあるんだが、仕方ない。

「まあ、こんなもんかな。とりあえず体のつくりはほぼ同じみたいね。体温は、少しフィオナのほうが高いくらいで」

その後、体重、心拍数、血圧なんかも測ったが、特段変わったところはなかった。

つまり、フィオナは地球人とほぼ変わらないということだ。

「こんなことでなにかわかったの？」

「フィオナが私と同じタイプの生き物だってことを確認したのよ。なら、あのドラゴンも多少の違いはあれど、同じ生き物だってことになるから」

「でも、あれは魔物よ？　魔物は人間とは違う」

「そりゃ、なにも食べずにこんな場所にいるんだし、エネルギー源が別にあるんだろうけど――ヒントにはなるから」

ごはんを食べてる時点で、フィオナが私とあまり変わらない人間だということはほぼ間違いなかったが、体内は機械で外見だけ人間だった――なんて可能性もゼロではなかったわけで。

フィオナの体内が機械だったら、ドラゴンも中身は機械ですとなり、攻略難度が一気に上昇してしまう。

身体が生身のタンパク質なら、毒も効くし、ヤケドや、なんなら温度変化なんかでも死ぬだろう。

「あと、ここって誰かが作ったダンジョンなのよね？　それで、あのドラゴンは倒されるために配置されてるんでしょ？　願いを叶える祭壇から、逆算して考えれば、倒すことができない存在を置く意味がないし」

「ダンジョンを作ってる存在？　そんなものはいないはずだけど、高レベルな冒険者のパーティーなら倒せるのかも」

「なら、きっと倒せるかな。とりあえず、毒から試してみよう」

「毒なんて効くかなぁ……」

フィオナは半信半疑だが、毒をナメてはいけない。

なにより効かなければ、それならそれで次がある。というか、取れる手が多すぎてどれから試すかというほうが問題なのだ。

ドラゴンが寝ている内に倒すのが重要になってくるというのもある。

「ま、なにせ時間はあるから」

鍋には毒々しく色づいたタバコの煮汁ができつつあった。

う～ん。ここから出てくるガスだけで死ねそう……。

◇◆◆◆◇

「できた」

どれぐらい煮詰めればいいかわからないのでテキトーだが、まあ大丈夫だろう。

鍋一杯のニコチン抽出液の完成である。

「これってどれくらい危ない毒なの？」

「わかんないけど、私やフィオナなら、スプーン一杯飲めば確実に死ぬかな」

「えっ、怖《こわ》……」

前にニュースで見たけど、数滴でも死ぬとかいう話だったような。

あのドラゴンでも、これを全量飲ませれば死ぬと思う。静脈注射できればもっといいが、パイプを尖らせたもので注射代わりになるだろうか？　いや、起きちゃったら元も子もないか。

「さらにドン！　謎の薬品オールスターズです」

殺鼠剤、殺虫剤、農薬、塩酸、希硫酸、洗剤、漂白剤、電池にじゃがいもの芽。

あと薬局コーナーの後ろの棚のキツめの薬とか。

「こんなに⁉　生活物資を売ってる店って話じゃなかった？」

「まあ、いちおうは生活物資ではあるんだよ。ただ、過ぎたるは及ばざるがごとしってこと。たくさんあるから、致死量に届くこともあるでしょ」

「なるほど……？」

でも、根本的な問題があるんだよなぁ……。

「それで、その毒をどうするの？」

「それなんだよなぁ」

あのドラゴン、寝てて鼻息は凄《すご》いけど、口はちゃんと閉じてるんだよ。口がだらしなく開いていれば水風船に入れて投擲《とうてき》したりとか、遠隔で鍋を傾ける装置を作って流し込むとか、やれなくもなかったのだが、ちょいと難しそう。

あとは注射作戦か？　注射針なんか売ってたっけ？　鉄パイプを加工して作る？

う～ん。

「よし！　これはこれとして、もうちょっと他の案考えましょうか！」

「え、えええええ⁉　毒は？」

「初手でやるにはハードルが高すぎたわ」

これだから勢いでアイデアを出すとダメだな。

なにせ、あれが起きてしまったらノーチャンスなのだ。

起きる前に倒しきらなければならない。ということは、一撃必殺でなければならないのだ。

「他になんて……なんかあるの……？」

「まあ、あるよ。リスクもあるからどうかなって思ったけど、単純に一番殺傷力あるやつ」

「そんなのあるの？　じゃあ、なんで毒なんて……」

「リスクがある方法っていったでしょ」

だって閉所だし、地下だし。

威力は最強だけど、やっぱねぇ。

ガソリンはねぇ……。

「あっ、あのドラゴンって火噴くやつ？　吐息《といき》に火の気が混じるとダメなんだけど」

「わからないけど、大丈夫じゃないかな。ドラゴンのブレスは魔法の一種のはずだし」

「なら、たぶんイケるな……。火属性攻撃無効とかだと厳しいかもだけど」

「火属性……？　ってなに？」

「ほら、火は一切効かない魔物とか、水の攻撃は一切効かない魔物とか、そういうの」

「ん～。そういうのは別にないと思うけど」

属性という概念はない感じなんだろか。

まあいい。じゃあ、早速用意しますか。

「さて、フィオナに伝えておくけど、これから扱う液体はめちゃくちゃ危ないので、慎重に取り扱うように！」

「はっ、はい！」

「うん。いい返事だね。っていうか、マジでドラゴンも殺せるかもしれない威力を秘めたものだから、本当に注意してね」

ホームセンターと同じく、併設されたガソリンスタンドにも電気が来ている。

というか、普通に営業中という風情のままで、事務所にもそのまま入れてしまう。

機械も電源が入ったままだ。

問題はこれをどうするかだが、ドラゴン部屋に置いて爆発させる。要するにそれだけの話だ。

ガソリンそのものをぶっかけてもいい。たしか、気化爆発させるためには大量の酸素が必要と聞いたけど、あの部屋はかなり広かった。巨大なドラゴンと戦闘できるように広く作られているのだろう。

問題は、爆発の衝撃でダンジョンが崩れたりしたら終わりということだが、どうせアレを倒せなければ上に行けないというのなら同じことだ。

フィオナが言うには、ダンジョンが崩れたなんて話は聞いたことがないという。というか、そもそもダンジョンは自然発生的にできる異界であり、地下であり地下ではないのだという。

ちょっと意味がわからないが、信じるしかない。

さて、ガソリンを扱うにあたって、一番の問題は火だ。

爆発の三要素は、可燃性ガス、支燃性ガス、火種だったはずだが、うっかり静電気でも発生した日には用意している最中にお陀仏《だぶつ》である。

一応、微量のガソリンで実験してみたが、問題なく爆発はした。

つまり、ここにある空気は支燃性ガス……つまり酸素ということだ。私が生きているということは、濃度も21％前後がちゃんとあるということ。

というか、私が普通に生活できている時点で、この世界は地球とあまり変わらないということになる。重力とかもそうだし、物理法則とかも。

ガソリンスタンドからガソリンを手に入れる方法については、少し苦労したが、ホームセンターの事務所で契約カードらしきものを発見。それを使って給油することができた。

多分、配送用トラックの給油用に契約しているのだろう。

ありったけの容器にガソリンを詰め、ちゃんと蓋《ふた》をした状態で、音を立てないようにドラゴンの周囲にならべていく。

ドラゴンはなぜだか起きないので助かる。最初の一撃をもらったら起きるタイプのボスなのかも。

「ふぃ〜。疲れるね……。階段の上《のぼ》り下《くだ》りが地味にキツい……」

「もう疲れたの？　私がやるからいいよ？」

「なんでフィオナはそんなタフなの……」

「こう見えて、それなりに迷宮順化してるからね」

「例の便利なパワーアップ方法ね」

迷宮で魔物を倒すことで、行き場をなくした魔力を取り込み人間としての強度が上がる。その現象のことを迷宮に順応していく、つまり迷宮順化とか言うらしい。

なんだか本当にゲームみたいで面白い世界だ。

私も順化してみたい。

その後も、ガソリンスタンドからレギュラーガソリンを失敬しまくり、容器に詰めまくって、ドラゴン部屋へと運び続けた。

ドラゴンが目を覚ましてしまったら計画は破綻《はたん》するので、どうしても気が急《せ》いていたのだが、休憩を挟みつつ二日もかかった。

なんやかんやで、５４００リットル分ものガソリンを配置した。

さらに効果があるかわからないが、工事現場用のワイヤーのくずかごの中に鉄球やら巨大なボルト、ナット、釘《くぎ》、斧《おの》を入れてみた。クレイモア地雷のように、ドラゴンを貫いてくれる可能性に期待することにする。

「これで終わり？」

「まだ終わりじゃないよ？　ここからは服を脱いで全裸《ぜんら》で作業します」

「え？　あの、なんか変なこと言わなかった？　私の聞き違いかな……」

「ガチだよ。万が一でも、静電気が飛んだら一瞬で『死』だからね」

静電気がこの世界に存在するのも確認済みだ。

なんなら、髪の毛も丸坊主にしたほうがいいくらいだが、まあ、まとめて耐電キャップを被《かぶ》るくらいでいいだろう。

水着があればよかったけど、残念ながらホームセンターには売っていない。

ここからの作業は、私自身の静電気を常に抜きながらやるのは当然として、何もかも触る物は全部気をつける必要がある。

「まあ、究極、私だけでやってもいいんだけどね。リスク分散の意味でも」

「えっ、そしたら私だけ残されちゃうじゃん！　ヤダ！」

「ん～……そうだね。じゃあ、二人でがんばろ！」

とりあえず、まだガソリンを部屋に運び入れたにすぎない。

実作業はこれから。

なんたって目的は気化爆発。

爆発→燃焼のコンボを食らわせる計画なのだ。

ということで、二人で全裸になり、ガソリンをドラゴン部屋に配置したポリプロピレンのコンテナに静かに移していく。

体育館なみに広い空間だから、5メートルおきくらいに大きいコンテナを配置し、そこにガソリンを注いでいくわけだ。この状態ではガソリンはそれほど気化しない……はずだ。多分。

まあ、だからこれは前準備。

ちなみにドラゴンは眠ったままだ。まあまあガソリン臭が漂っているが、直接的な攻撃を食らうまでは目を覚まさない仕様なのかもしれない。

ドラゴン部屋は、ホームセンターがある階層から階段を100メートル近く上がった先にあるのだが、闘技場のような形というか、半地下（というと語弊があるが）になっていて、扉から少し階段を降りる必要がある。

これは、ガス爆発を狙うのに都合が良かった。

ガソリンの比重は空気より重いからだ。

そうでなければ、階段から地下……つまり、ホームセンターがある階層へと気化ガソリンが流れ込んできてしまっていた可能性があった。

「う〜ん。あとは………どうしても電気は使わなきゃだめだろうな」

一発勝負だ。考えられる手段は全部やったほうがいい。

残りの仕込みは三つ。気化、攪拌《かくはん》、着火。

でも、これだけの規模の爆発を起こす以上、下手をしたらホームセンターがある私たちの階層まで影響を受けることになる。電源をホームセンターから有線で取るのは危険だ。

「でも、なんとかなっちゃうんだよなぁ。ホームセンターは何でも売っている……」

私はフィオナと二人でリチウムイオン蓄電池を運び入れた。

無限在庫だから、たいして数がないものでも潤沢《じゅんたく》に使うことができる。

ポータブル電源は、発電機と違い「燃焼」を伴《ともな》わないから、この場合でも単独使用が可能だ。

燃料式発電機だと、気化ガスを吸い込んだ時点で「ボン！」である。

合計30個の投げ込み式ヒーターを、ガソリンの入ったコンテナにそれぞれ入れて、電源プラグを蓄電池に繋ぐ。まだ電源は入れない。

水を例に出すまでもなく、液体は温度が高いほうが揮発しやすい。

扉前の高台に工事用のファンを三台設置し、これも電源プラグを繋ぐ。

消費電力が高そうなので、それぞれに蓄電池を用意した。

最後は着火装置。

まあ、着火装置はなくてもガソリンがそのうち引火点を超えて爆発するかもだが、あったほうが良いだろう。

ガスコンロを解体して点火プラグを失敬。

ケーブルでダイヤル式タイマーに繋ぐ。

11時間後に通電するようにセット。

「さて、あとはガソリン撒いて電源入れるだけなんだけど、心の準備はいい？」

「う、うん……。これで、うまくいくの……？　なんか、私ぜんぜんわけがわからないんだけど……」

「わかんない。でも、これで死なない生き物だったら、人間が殺すのは無理なんじゃないかな」

あとは神のみぞ知るというやつだ。

私はフィオナを下の階に待避させ、各所に配置した容器に入れたガソリンを横倒しにして、こぼすように撒いた。

コンテナに入れたガソリンがあるわけだし、必要あるかどうかわからない作業だが、念のためだ。

問題はうまく爆発しなかった場合だが、その場合のことは考えたくない。

携行缶何十個分かのガソリンを撒き、すべての電源をON。

ヒーターがガソリンを温め始め、大型ファンが空気と気化ガソリンを攪拌し始める。

着火は11時間後。

私は、扉をキッチリ閉め下の階に戻った。

「ふぅ……。なんとか終わったね。あとは11時間後にどうなるかだよ」

「倒せるかな……。これでダメだったら……もう手がないんでしょ……?」

フィオナの不安そうな顔。

震える指が、腰のポーチに伸びる。

「はいはい、ご禁制は禁止ね。こっちにしときなさい」

ポケットに入れておいたマルボロを渡して言う。

「それに、別にこれがダメでも手はあるから大丈夫よ」

「そうなんだ。すごいな……マホは」

「私が凄いというより、ホームセンターが凄いんだけどね。もっと厳密に言うと、人類が凄いってことになるのかな」

「だとしても……。私、なんにもできてないから」

「ガソリン運ぶの凄かったじゃん。私じゃ、あんな馬力はないから無理」

まあ、なんにせよ、ダメだったらダメでまた考えればいいのだ。

——この攻撃でドラゴンが起きて下の階に突入してこなければだけど。

……ま、それは言わないでおこう。

どれくらいの爆発力があるか不明だったため、階段の踊り場のようになっている部分に土嚢《どのう》を積んだ。

ちなみに土嚢は園芸コーナーの土だ。

どれくらいの効果があるかはわからないが、やる価値はあるだろう。

爆炎が扉を突き抜けてホームセンターまで火災になったら目も当てられない。

扉は鉄製だし、かなり頑丈そうな作りだから大丈夫だとは思うけど……。

スマホで時計を確認。すべての準備を終えてから六時間経過。

まだ、爆発音は聞こえない。

静電気や、ガソリンの自然発火による意図しない爆発はまだ起きていないようだ。

というか、向こうの状況がわからないので、ダメだった時わりと詰むんだよなぁ。爆発していない可燃性ガスだけがある部屋とか危なすぎる。

（……でもまあ、賽《さい》は投げられたってやつよね）

この階からドラゴン部屋までは、階段で１００メートル以上あるし、階段を斜めに上っていった先なわけで、真下というわけでもない。

爆発で強い衝撃があったとしても多分大丈夫だと思う。大丈夫なんじゃないかな。

まあ、ダメならそんときはそんときだ。

「ああ〜、あとどれくらい？　本当に大丈夫かな……。竜王種だよ？　レッドドラゴンなんだよ？　あんな液体だけで倒せるなんて思えないんだけど……」

「まあ、弱らせることだけでもできれば、とどめはフィオナの剣という手もあるし……」

私もなんだか弱気になってきた。実際、あれでファンタジー世界の住民の中でも指折りの最強種であるドラゴンを倒せるのか。やってみなければわからないとはいえ……。せめて、ホームセンターに大型重機でも売っていればな……。ショベルカーの、なんかパイルバンカーみたいなのを取りつけたやつなら、まあまあ効果的な攻撃ができそうだったのに。

……まあ、どのみちショベルカーじゃ階段を上るのスペース的に無理だけど。

それから私たちは、祈るような気持ちで……というか、実際に例の祠《ほこら》で祈ったりもしながら、爆発を待った。

ピピピと、スマホのタイマーが鳴る。

残り5分の合図。

「……そろそろだよ。これで不発だったら、泣けるな」

「うう〜〜〜！　ルクヌヴィス様、大精霊様、お願いします！　成功しますように！　成功しますように！」

フィオナはもうとっくにプレッシャーに負けて、ご禁制に手を出している。

「じゃあ、カウントダウンしよっか。残り1分！」

「30秒！」

「『10！　9！　8！　7！　6！　5！　4！　3！　2！　1！　ゼーロ！』」

フィオナと二人。不安を消し飛ばすみたいに大きな声で。

ゼロになって少ししてから——


ズズン——

と、遠くで重い音。

「成功……した………？」

「うん……。たぶん？」

その後、何度か同じような音が散発的に発生していたが、しばらくして止んだ。

届いた音は、遠くからの、くぐもったものだったが、音が発生したということは、少なからずなんらかの現象が起こったのだろう。

ここがダンジョンで周囲が地中であることを考えると、そこそこ大きい規模の爆発だった……はず。

「——扉は大丈夫だったたか。天井も崩れる心配はないっぽいかな？」

「うん。それより……倒せたのかな」

「アレは？　なんだっけ、迷宮順化だっけ？　倒せたら、こう、経験値的なものがグオーって入って『レベルアップだ！』ってなるんじゃないの？」

「なるけど……すぐにはそんなにわからないよ？　一晩寝て起きるとわかるけど。でも、ドラゴンなんて倒したら、すぐにわかるかも。でも、なにもないね」

ないってことは、倒せてないのか？

いや、そもそもこんな遠隔で搦《から》め手《て》で倒したのは経験値取得の対象にならないだけなのかも。

前向きに考えておこう。

「見に行ってみる……？」

「あー、ダメダメ。向こう側、多分まだしばらく地獄だから。絶対に扉開けちゃダメだよ？」

「え、どれくらい？」

「少なくとも10日くらいはここで遊んでようか。ここって、なんでか酸素がどこからか供給されるみたいだけど、扉の向こう側はたぶん酸素ゼロだから。扉を開けたが最後、この部屋の空気、全部持ってかれるというか、バックドラフトで火の海になるかもだから。落ち着くまで放っておかないと」

「な、なんだかわかんないけどわかった」

「よろしい」

そもそも閉鎖空間なのに酸素がどこからか供給されてるっぽいの自体が謎なんだが、まあ、そこは異世界クオリティということで納得しておこう。

そうじゃないと、いつかこの階層だって酸素濃度が下がって死ぬということになるのだ。

そして、あのイビキをかいて……つまり「呼吸して」寝ていたドラゴンも同様だ。

爆発による衝撃や、ガソリンによる燃焼を生き抜いたとしても、酸素濃度がゼロに近い状態でどれだけ生きられるものか。

それが私のこの作戦の本当の意図だった。

◇◆◆◆◇

竜には記憶らしい記憶はなかった。

完成された個体として迷宮の誕生と共に生み出され、初めからその姿でそこにいた。

竜にあるのは使命のみ。

やがてここを訪れる強き者を、その全力をもって叩き潰すこと。

いつかあの扉が開かれて、その者と相対するその日まで。


どれほどの時が経っただろう。

竜は寝てすごしていたが、かといって侵入者に気づかぬほど愚鈍《ぐどん》ではない。

弱き弱き者が一匹。

取るに足らない力すら持たぬ者。

それは、竜が初めて見る己以外の生命体だった。

だが、あの扉は未だ開かれていない。

なによりも、この者は「強き者」ではない。それどころか、自分の鼻息だけで息絶えるほどの脆弱《ぜいじゃく》さ。

——ならばこの弱き者は、我が倒すべき敵ではない。

竜の本能はそう判断した。

部屋は広く、小さな虫が入り込むことぐらいはあるだろう。

弱き弱き者は二匹で、うろちょろと歩き回っていたが、竜に触れることはなかった。

もし、触れられることがあれば叩き潰すのも良い。竜はそんな風に考えたが、周囲になにかを置く気配がするだけで、危害を加えようというわけではないらしい。

竜はこの場所から出たことはなかったが、知識がないわけではなかった。

弱き者は、強き者に供物《くもつ》を贈る習慣がある。そんな知識があった。

ならば、これは弱き者からの贈り物か。

なにやら液体を注ぐような音がする。

飲んだことはないが、知識にある酒というやつかもしれない。

弱き者たちを驚かさぬよう、竜は眠ったふりをして待った。

弱き者たちが去り、ブゥンとなにかが動く小さな音だけが響く部屋。

竜の感覚でほんのわずかな時間を待ち、どれどれと竜は目を覚ました。

——なんだ、これは？

地面は濡れ、酒と思《おぼ》しき液体は、気分の悪い臭《にお》いを発している。

酒とはこういうものなのか？

わからない。そこまでの知識があるわけではない。

——弱き者を呼び説明させるか？　いや、竜の王である我が、教えを請《こ》うなど。

竜の本能は、ただ「強き者」を全力をもって倒す。それだけだ。


暮らしがあるわけではない。

竜の王としての生活があるわけではない。

ただの舞台装置にすぎない彼が、この状況を正しく理解する術《すべ》はなかった。

気分の悪い空気は次第に密度を上げていく、しかし竜にはどうすることもできなかった。

意味がわからない。

剣で攻撃されているわけではない。

魔法で攻撃されているわけではない。

そもそも、敵がどこにもいないのだから。


竜がその身を起こした、その時。

どこかで「カチッ」という音がして。

目の前が紅蓮《ぐれん》の閃光《せんこう》に包まれ。

そして——

◇◆◆◆◇

ダラダラと、フィオナと堕落《だらく》の限りを尽くして10日。

さすがにそろそろいいだろう。

「フィオナ～、そろそろ扉開けるよ～」

「もっとダラダラする～」

「まったくこの子は味を占めてからに……」

ドラゴンを倒せているかわかんないし、不安もあったりしたもんだから、調子に乗ってホームセンターの一角に布団を敷き詰めて映画の鑑賞会とかしたもんだから、すっかりダメな子になってしまった。

しかも、寝タバコをやるから布団が焦げたりするし、見た目はすっごい可愛いのに、なかなかのダメ人間だ。

あ、映画の言葉はなぜかフィオナは理解できた。

フィオナが特別なのか、映画が特別なのかはよくわからない。

というか、私自身、フィオナと問題なく意思疎通できてたもんだから意識してなかったけど、どうして日本語が通じてるのか謎といえば謎だ。これも異世界クオリティだろうか。

ちなみに私はといえばまああやることがあって、動物たちの世話とか、植物の世話とか、地味に忙しかったりした。フィオナも手伝ってくれたけどね。

犬（ポチ）と猫とトカゲはいいけど、問題は魚だよ。なにを血迷ってアロワナなんて扱ってんだ、この店は。マニュアルもないし、私じゃなかったらすぐ死なせてたぞ。

あと、ポチ以外の彼らも運命共同体だってことで、名前をつけた。

秋田犬はポチ。

ベンガル猫はタマ。

フトアゴヒゲトカゲはカイザー。

アロワナはアロゥ。

ハムスターズはとくに名前はつけてない。

そもそも個体識別ができないし、私、あんまりネズミ愛があるタイプじゃないのよね。

わりと躊躇せずヘビの餌にできちゃうし。

ポチとタマはケージに入れておくのも可哀想《かわいそう》なので、放し飼いにした。

二匹とも賢い子で、トイレもすぐ覚えたし、二匹で仲良く遊んでいる。

あと、プランターで野菜を育て始めた。こんな場所で育つのかはわからないけど。

芋《いも》とかほうれん草とかタマネギくらいは育つのではないだろうか。

個人的にはトマト、大根、ナスが育つと嬉しい。食卓に彩りが欲しい。

それはさておき扉だ。

向こう側がどうなっているのかは謎だし、けっこう怖い。

しかも、あの扉はこちら側に開くのだ。圧力が掛かっていたら、開いた途端にバーンと扉が開く可能性があるんだよなぁ。怖……。

「じゃあ、開けるよ？　離れてたほうがいいかも」

「う、うん」

うんと言いつつ、私にひっついてくるフィオナ。

こんな怖がりでよく冒険者なんてやれてたな、この子……。

扉は不思議な力が働いているのか、ヒモなんかで引っ張っても開かず、私が自ら開ける必要がある。かなり怖いが、こればっかりは仕方が無い。

ちなみに、この扉はフィオナが開けようとしてもなぜか開かないので、ドラゴンが倒せたなら閉まらないようにストッパーを噛ませておくほうがいいだろうな。

慎重に数センチ程度開く。空気の流動は見られない。

もし扉の向こう側が酸欠状態だった場合、一気に空気が吸い込まれるか、そもそも扉が重くて開かないはずだが、そういう手応えもない。

「……どうやら大丈夫みたい。ガス測定器も問題なしね。行こう」

私たちは階段を上り、土嚢を避け、いよいよドラゴン部屋の前の扉まで来た。

どうやら、ガス爆発でも扉は無事だったらしい。

扉を手で触ってみても、特に熱くはない。扉が鉄製だったら向こうの温度の影響を多少は受けるはず。未だに燃え続けているという可能性は低そうだ。

……まあ、この扉が鉄製かどうかはわからないんだが、金属だし多少は伝熱性があるはず。

「聞こえる？」

「……聞こえない。なにも」

扉に耳を当ててもなにも聞こえない。

ドラゴンの呼吸音も、なにも。

ゆっくりと扉を数センチだけ開く。空気の流入はない。

鏡を使って中身を覗いてみると、扉前に置いてあったはずの蓄電池がないし、コンテナ類も見当たらない。

私はさらに扉を開き、部屋の中を確認した。

「見てフィオナ。あれって、死んでる……のかな」

「えっ、えっ？」

ドラゴンは壁際で蹲《うずくま》っていた。

ピクリとも動かず、死体に見えるが、わずかに発光している。なんだあれ？

「生きてる……！　まだ倒せてなかったんだ……！」

「えっ、生きてんの？　あれで？」

「死んだ魔物は魔石化するから！」

「なにそれ」

死んだら石化するの？　じゃあ、迷宮中が石像だらけじゃん？

あ、運んで好事家に売ったりするのかな？　運ぶの大変そうだけど。

とはいえ、ドラゴンは瀕死《ひんし》のはずだ。

私たちが置いたガソリン入りのコンテナは、すべてひしゃげて破片だけがそこら中に散乱している。蓄電池もバラバラになっているし、かなり大きな爆発が起きたようだ。

密閉空間だから、爆発なのか、圧力と温度だけが強烈に膨れ上がっただけなのかはよくわからないが、地獄のような状況だったはずなのは間違いない。

ガソリン臭はまだ残っているが、酸素濃度は問題なし。やはり酸素の供給はあるということだろう。鉄のボルトナットや鉄筋もそれなりにドラゴンの身体を傷つけたようだ。

「圧力か、温度か、外傷か、酸欠か。まあ、どれかが効いたんだろうね。……って、フィオナ？」

気づいたらフィオナがいなくなっていた。

部屋のどこにもいない。ドラゴンが倒せてなかったと知り、ビビって戻ってしまったのだろうか。

それにしても、これはどういう状態だ？

ドラゴンは傷だらけで、黒煤《くろすす》まみれ、口の中まで真《ま》っ黒《くろ》に爛《ただ》れている。

呼吸はしていないし、口も開いているし、出血はしたみたいだけど今は流れ出てもいないし、死んでるようにしか見えないんだけど。

私はドラゴンには近づかず、どうするか迷った。

死んでいないというのならトドメを刺さなければならないのだが――

思案していると、階段を上ってくる音。

「マホ！　どいてどいて！」

「フィオナ!?」

「うわあああああああ！　死にぇええええええ！」

声を裏返しながら絶叫して、バケツに入った液体をドラゴンの口の中にぶちまけるフィオナ。

あれって前に作った毒（主成分ニコチン抽出液）か。

「マホ！　マホも手伝って！　全部飲ませよう！」

「いや、あのドラゴン呼吸もしてないみたいだし、飲むかどうかわかんないよ？」

「だって、他にやれることない！　自己修復魔法を発動させてるから、早く殺しきらないと復活しちゃう！」

「マジですか」

まあ、となれば是非もない。例の毒は使い道もなかったし、全部食らわせてやろう。

私はフィオナといっしょに何往復もして、毒液を全量ドラゴンの口の中に流し込んでやった。

ドラゴンはどうやら仮死状態のようで、生体反応がなく、開いた口からそのまま胃まで毒が流れていった。

「……効くかな。半分死んでるような感じだし、物理で攻撃したほうがいいんでない？　のこぎりで首でも切ってみる？」

「マホが強い毒だって言ってたじゃん！　ちゃんと効くなら、毒魔法は継続で少量のダメージが入るし」

「あ、そこもゲーム的なんだ」

しばらく様子を見ていたら、ドラゴンの発光が収まり、次第に毒々しい色に変化していった。

爬虫類《はちゅう》というか、カメレオンみたいに体表の色が変わる性質なのだろうか？　それとも、あの毒の効果？　もしかして、ゲームみたいに毒状態ステータスがわかりやすくなるためなんて理由じゃないだろうな。

ドラゴンの発光が止んで数分。

パァン！　という音と共にドラゴンが弾《はじ》けた。

「う、うわぁ！　なんだ!?」

「やった！　マホ！　やったよ！　倒せた！　本当にドラゴン倒せちゃった！」

「え、えええ？　死んだの？　石になるんじゃなかった!?」

「だから、石になったじゃん！　あんなに大きな魔石がこんなに！　うわぁあああああ！」

叫《さけ》んで走っていくフィオナ。色とりどりの石を拾い集めて大興奮だ。

石像にはならなかったが、石が好事家に高く売れるという部分は正解だったのかもしれない。

◇◆◆◆◇

「はぁ〜。これだけあればあれもこれも……」

「あれもこれも？　けっこう高く売れる感じ？」

「あっ、もちろん私の取り分は少しでいいよ……？　私、なんにもしてないし……ホントに……。

10分の1……4分の1……はんぶん……」

だんだん声が小さくなるフィオナ。

意外と金に困っていたのか？　いや、冒険者なんて金目当てでやる以外にはないだろうか。魔物と殺し合いをやり続ける稼業なのは間違いないのだろうし。

「う～ん。私はそれの価値がイマイチわかってないからねぇ。とりあえず、脱出できてから考えようか」

「あうあうあう。はい……」

あのドラゴンから出た魔石とやらは、二度と手に入ることはないだろう。

金に換えるなら、はっきり言ってホームセンターの無限在庫で事足りる。換金するのはもったいないような気がする。

それともお金以外の価値があるってことなのかな？

「それよりさ、ドラゴンもいなくなったし、次の階行ってみよう」

扉を開き、階段を上る。

また長い階段だ。１００メートルくらいあるのではないだろうか。

「そういえば、経験値獲得でレベルアップってのがなかったね。フィオナはあった？」

「迷宮順化のこと？　あっ！　そういえば、確かにない！　直接的にはなんにもしてないからかなぁ……。もったいない……」

気持ちはわかる。ラスボスの経験値をゲットし損ねたとか、損した気分だ。

「搦め手は経験値獲得できない仕様か……？」

いや、毒攻撃はわりと直接的な攻撃ではあるはずだ。少なくとも魔法よりかは物理的だ。

とすると、ボスでたまにある経験値が獲得できない仕様か？

なんたってラスボスだから、あとはもうクリアを残すのみでレベルアップの必要ないでしょ？

みたいな……。そもそも、迷宮順化とかいうもの自体が謎だし。

ま……残念だけど、こればかりは仕方が無い。

しばらくはレベル1のまま頑張《がんば》るかぁ。

階段を上り終えるとまた扉。

「そういえば、ダンジョンってセーブスポットはないの？　こう……、休憩できる場所みたいな」

「せーぶすぽっとってのが何かはわからないけど、魔物が出ない場所は転送碑のまわりとかかな。この階にあれば帰れるんだけど」

「転送碑？　なにそれ？」

「それを使えば別の階にある転送碑に瞬間移動できるんだ」

ほう！　めっちゃ便利じゃん！

ダンジョンを何階層も毎回毎回降りたり昇ったり、めっちゃ大変だなと思ったが、要するにエレベーターがあるということなんだな。

「じゃあ、それを見つけるまで昇ればいいってことじゃん。なんだ」

「う、うん」

全階層クリアしなきゃ出られないのかと思った。

「じゃあ、それがあることを願って、扉を開いてみますか。まあ、ドラゴンよりは楽でしょ」

「……そうだね……」

フィオナがなんか歯切れの悪い返事の仕方をするのは気になるが、とにかく次だ。

実際のところ、ドラゴンみたいに単体でボスがいる階層のほうがやりようがあるわけで、迷路の中でゾンビの大群が出てくるみたいなほうが私たちにとっては脅威である。

それに当たったらかなり苦労することになるのだが――

「わぁ！　なんだこりゃ！　すごい！」

扉を開いた先にあったのはお花畑だった。

部屋も、ドラゴン階よりもう少し明るい。さすがに外ほどの明るさではないだろうけど、マジでなに？　サービス階か？　お花畑で休憩してドラゴン戦への鋭気を養うための階とか？

「ま、待って待って！　マホ、入っちゃだめ！」

「ん、どしたの。そんな青い顔して」

「これ……全部、ヒュドラ草よ……。枯れず、死なず、少し触れただけで全身が麻痺《まひ》して動けなくなる毒草」

植物まで生息できるのか。

なんでもありだな、ダンジョン。

ヒュドラ草。

フィオナによると、その花は生命力が強くなかなか枯れない上に、切っても切ってもすぐさま再生し、その上ちょっとでも触ると全身が麻痺するという恐ろしいものなのだとか。

「あ～、なんでこのダンジョン、こんな嫌がらせをするの⁉　ヒュドラ草なんて切っただけじゃダメで、炎魔法で焼き払わなきゃすぐ復活するんだよ？　たぶん、魔術師を消耗させるための階層なんだよこれ。ちなみに私はちゃんとした攻性魔法は使えません」

頭を抱えて絶望するフィオナ。

麻痺花の群生地がこんな迷宮最下層にあるなんて、考えられないとのことなんで、やはり珍しいということなのだろう。

とはいえ、フィオナはまだホームセンターとはどういうものかわかっていないらしいな。

まあ、ドラゴンはガソリンで倒しちゃったから、仕方ない部分もある。

これは一番得意な分野だよ、君ィ。

「フィオナ君。本来だったらだね、冒険装備だけの冒険者たちが武器と防具を携えて、この階層に入ってくるわけだ。その場合は、魔法で焼く以外にないわけでしょ？」

「うん。普通は……確かにそうだね。魔法以外に対処法ないと思う」

「だけど、私たちは違う。無限に道具があるわけで」

「う、うん……」

「つまり、毒草なんてどうにでもなってしまうというわけ。しょせん草でしょ？」

というわけで、我らが草焼バーナー君になんとかしてもらおう。

フィオナ曰《いわ》く、毒の花粉的なものを出すわけではないらしいが、一応マスクは着用しておく。肌には触れないように、全身防備を固めて。ウェーダーを穿き、生身の部分を露出させないようにして。

万が一に備えて、安全帯を身体につけて、麻痺ったら階段のとこからフィオナに引っ張って救出してもらえるようにした。

「そんじゃ、いくよ〜？　汚物は消毒だぁ！」

ゴォオオオ！　とバーナーから炎が噴き出す。燃料は灯油だ。

階層のほとんど全面が同じヒュドラ草で覆われている。広さはドラゴン階と同じくらい。つまり体育館全面ほどだ。全部の草を焼くのはまあまあ骨が折れそうだが、さしあたりは問題はない。

「うん。普通に燃えるね。というか、むしろ燃えやすい？」

バーナーで草を燃やした経験があるわけじゃないが、けっこう手応えなく鰹節《かつおぶし》みたいに踊りながら燃えて消滅していく。

そう。消滅だ。

炎で燃やせば煙や塵灰《じんかい》が発生するのは避けられない。

私も、何度かに分けて作業する必要があると思っていたのだが、嬉しい誤算というべきか、煙も灰も発生させずに草たちは燃えて消えてゆく。

「お、お、おおお？　おおおおお！」

むずがゆいような感触があり、私は一度フィオナのところに戻った。

「なんか身体が熱い！　毒かも！」

「うそっ⁉　でも、ぜんぜん動けてるじゃない。ヒュドラ草に触ったらすぐさま麻痺しちゃうはずだけど」

「悪い感覚はないけど、迷宮産だし、フィオナが知ってる草とは別のものだったかもしんない」

マズいな。呼吸系に作用するやつだったか？

酸素ボンベを背負って作業すべきだったか。迂闊《うかつ》……！

「ねえ、それって迷宮順化じゃないの？　ヒュドラ草って魔物みたいなものだし」

「ん？　え？　魔物？」

そういや、よく見たら草が消滅したところにちっこい魔石らしきものが点々と落ちている。

じゃあ、これ経験値を得てレベルアップしたってことなのか。

そういえば、草焼バーナーもさっきより軽く感じるかも！

「どうする？　フィオナもやる？　せっかくのお手軽経験値だし」

「いいよいいよ。マホが少しでも順化進めたほうがいいでしょ。マホ、非力すぎるし」

「それもそうだ」

私、10リットルのガソリン携行缶を二つ持って運べない程度には非力だからな……。

フィオナは軽々運ぶのに。

「じゃあ、ここの経験値は私が貰っちゃうぜェ！」

バーナーが火を噴くぜ！

すべて消し炭にしてやる！

ちなみに、除草剤を使わなかったのは、ここを畑に再利用しようと思っているからである。一度、除草剤を使っちゃうとリカバリできるかわからないからね。土は再利用したい。

灯油をかなり使ったが、ヒュドラ草はほとんど燃やし切った。

もちろん、全滅させず、角《かど》のあたりに少しだけ残しておくという小細工も忘れない。今後、麻痺が効く魔物とか出るかもだしね……。

生命力が強い草だという話だし、残しておけば枯れずにいつまでも残るだろう。たぶん。

「よっしゃ！　次の階層に行こう！」

「……こんな簡単に……。マホ……ほんとに頼もしい……」

何度も言うけど、私が凄いんじゃなくて、ホームセンターが凄いのよ。

ちなみに、魔石は抜け目なくフィオナが全部拾い集めてました。

◇◆◆◆◇

お風呂《ふろ》に入ったりして、ゆっくり休んんだ私たちは、次の階層へ向かった。

ヒュドラ草が生えていた階層の扉を開き、上へ続く階段を上っていく。

今度もまた長い。フィオナが言うには、浅層の階段はこんなに長くないらしい。

「うわっ、真っ暗だ！」

「本当ね。ライト！」

扉を開くと、部屋の中はまさしく一寸先も見えぬ暗闇。

フィオナが、魔法で小さな光球を発生させるが、短時間で消えてしまった。

「まずいよぉ。マホ、ここダークゾーンみたい」

「なにそれ？」

「稀《まれ》にあるのよ。光虫がいない場所が。階層全部がダークゾーンってことは、ほとんどないんだけど。魔法の光を発生させても、今みたいにすぐに闇に飲まれちゃうんだ。松明《たいまつ》があれば、それなりに照らせるけど……」

「松明がＯＫならなんとかなるんじゃない？」

「でも、松明なんて持ってたら戦えないでしょ。それに、松明なんかじゃ、大して照らせないから不意打ちを食らう可能性も高いし……」

おいおい、まだホムセンのすごさがわかってないのかな？　フィオナちゃん。

照明がありゃいいんでしょ？　あるある。売るほどあるよ！

私はフィオナとホームセンターまで戻った。

地味に上り下りがきついが、さすがのホームセンターでもこれだけはどうにもならない。

農業用モノレールでも敷設できればいいが、さすがにそこまで専門性が高いものはホームセンターでも売っていない。手作りならなんとか……ならないか。私の知識と技術では無理。

まあ、ヒュドラ草の討伐で少しだけレベルアップしたらしく、少し身軽になったから、それほど苦にならない。時間もあるわけだし、身体を鍛《きた》えてると思えばいいだろう。プロテイン飲んどこ。

「火で明かりをとるのでもいいけど、やっぱりここは電力でいこう」

「どうするの？」

「これを設置します」

「なにこれ？」

フィオナからすれば謎の物体だろう。

バルーン型ＬＥＤ照明だ。こいつはかなりの照度があるし、屋外工事用だから、閉鎖空間を照らすくらい訳がない。

しかも無限在庫だから、いくつでも設置できる。

「さて、どういう階層かな……？」

発電機を起動して、バルーン型照明を点灯する。

フィオナの魔法で出した光はすぐに闇に飲まれてしまったが、バルーンの明かりはまあまあ闇に拮抗《きっこう》しているようで、それなりに周囲を照らせた。

ただ、何か不思議な力が働いているのか、明るくなる範囲が想像よりも狭い。

う〜む、やはり大量設置の必要がありそうね。

音を聴く限り、魔物の気配は今のところない。

とはいえ、頭上からいきなり魔物が降ってきたりとか、凄い速度でニンジャが首を斬《き》りに来るとか、いろんな可能性がある。

扉前から、徐々に徐々に明るい範囲を広げていく私たち。

運べる荷物に限りがあるから、かなり何度も下と上を往復する必要があり、相当しんどい。

太ももだけ太くなりそうだわ。

「……ん？　ここ……床というか、地面に裂け目があるね……って、怖！　底が見えないんですけど！」

「あー、ピットだね。こんなに大きいのは珍しいよ」

「大きいというか……向こうまでずっと続いてない？　裂け目？」

「本当。なんでこうなってるんだろ。明かりなしで冒険者を落っことすため？」

「そりゃ、そうでしょ。落とし穴なら」

裂け目は大きく、向こう側へはジャンプして渡るのは無理な距離。迂回《うかい》する必要があるだろう。

ホームセンターから物資を運んできて、橋をかけることもできるが、それは最終手段としたい。素人が作った橋とか怖すぎる。

私、高いところとか苦手なんだよ。

とりあえず、裂け目を迂回しながら、照明を設置していく。

階層は広いが、壁の類《たぐい》は今のところ見当たらない。

たぶん、下の階と同じように外周だけだろう。

強力な懐中電灯をいくつか投げてみたが、今のところ壁には当たっていないからだ。

ちなみに、魔物らしきものも今のところいない。下の階と同じく、ただの環境罠だけの階層なら楽なのだが……。

「マホ、こっち側から向こうに行けそうだよ」

「急に裂け目が途切れてるもんね。なんだこりゃ。迷路みたいになってんの？」

「そうかも」

わりと平気そうに落とし穴を覗き込むフィオナ。

見てるこっちが怖くて、手を引く。

「そんなに穴に寄ったら危ないって。ていうか、フィオナは怖くないの？　私、こう無限の落とし穴とか本能的に恐怖が……」

「そりゃ私だって怖いけど……。ふぅん、マホにも怖いものあるんだ」

「そりゃあるよ。私は暗い場所も、深い落とし穴も普通に怖がるような普通の女の子だからね」

「マホが普通とか無理あるでしょ」

地球では私ぐらいはまだ「ちょっと変わり者」くらいの枠だからセーフだよ。

設置前に、アウトドア用のランタンを投げまくって明かりを確保してから、工事用の照明を数メートルおきに設置。

一応、魔物が出たら速攻逃げ出せるようにしてはいるが、ドラゴン級とまでいかなくても、強めの魔物が出たら私もフィオナも一瞬でお陀仏である。

安全確認しながら進んでいるとはいえ、大丈夫だろうか……。

「それにしても、この穴ってどこまで続いてるんだ？　ちょっと音が出る物落としてみよっか」

「普通、ダンジョンの落とし穴って、下の階に落っこちたりするから、もしかしたらヒュドラ草があった階層に続いてるのかも」

「いや、位置が違うし、あの階層の天井に穴なんて開いてなかったでしょ」

とはいえ、ダンジョンはそもそも不思議なもの。考えられないことが起きる可能性もある。

「じゃあ、いろいろ落としてみよう。ついでにゴミも捨てよう」

「ゴミって……」

だって、麻痺毒草《ヒュドラ》を燃やしたときの装備とか麻痺毒ついてそうで危ないし、ドラゴン部屋も、ひしゃげたコンテナとか、蓄電池とかけっこうゴミが散乱してて、気になってたんだよね。

ゴミを裂け目に投げ捨て、さらに音が鳴るものとして、お皿やグラスを投げ入れる。

投げ入れたものたちが、音も無くスーッと闇に消えていく。

しばらく……20分ほども待ってみたが、音は返ってこなかった。

下の階に落っこちてきている可能性も考えたが、なにも落ちていていない。

つまり、闇の底へと消えてしまった。

あるいは、音が返ってこないくらい深いか、空気がなくて音が返ってこないだけか。

いずれにせよ、落ちたら助からないことだけは確かだ。

「う〜ん。ドローンとか使って調査してみてもいいけど……それにしても深い穴だな。柵とか作っておいたほうが…………ん？」

「どうしたの、マホ。目なんかこすって」

「あそこ……なんかいない？」

裂け目は幅5メートルを超えており（広い場所では10メートルほどもある）、かなり怖い穴なのだが、その一部、不自然に膨れ上がっている場所があった。

うっかりすると見逃してしまうほど、岩肌に溶け込んでいるが、よく見ると四肢があり、壁に貼りついているようにみえる。

「え、どこ？　なんにもいないじゃん。怖いこと言わないでしょ」

「いや、いるって。こういう形のやつが壁に貼りついてる」

ジックリ説明したことでようやくフィオナもそいつを見つけた。

保護色な上にこの闇だ。

普通にこの階層に来た冒険者では、絶対見つけられないいんじゃなかろうか。

「……なんか、けっこう大きくない？　なんだろ」

「壁チョロ系のヤモリみたいなやつだな……」

サイズは、かなり大きい。ドラゴンよりは小さいが、それでも自動車サイズだ。

私やフィオナなら余裕で丸呑みにされてしまうだろう。

爪はトカゲよろしく小さいか、無いようだが、牙はかなり大きく鋭い。

戦うのは無理だな。

「あれ、この階層の魔物ってことだよね……たぶん。一匹だけかな」

フィオナと二人で、強力な懐中電灯を使って、裂け目を徹底的に調べた。

まだ、昇り階段へ続く扉は見つけていないし、階層の全体像も掴めていないが、とりあえずあの一匹以外にはいないっぽい。

天井とか壁とかも大丈夫そうだ。

むしろ、上のほうに貼りついていたら、手出しが難しかっただろう。

裂け目にいるならやりようがある。

「ど、どうする？　あんな場所じゃ攻撃もできないし……」

「そうだね。動かれたら厄介かな。だから、その前にやるしかない」

ヤモリは動きが速い。

やつはかなりの巨体だが、その気になったら、あっという間に距離を詰めてきて私たちを丸呑みにするのだろう。

だが、たぶんあいつは崖沿いを歩いている人間を、下からコッソリ現れて丸呑みにするようなタイプのやつに違いない。ヤモリだし。

壁から壁へのジャンプも……ないと思っておこう。あったらヤバいけど、そんときはそんときだ。

いつでも逃げられるようにしておく。

……それはそれとして、また立派なゲッコーだ。

殺すのは惜しい。せめて写真に残しておくくらいしかできないが、これも生きるためだ。

まったく、ダンジョンは業が深いぜ。

◇◆◆◆◇

「ツルツル作戦でいきます！」

「つるつる？　なにそれ」

「いろいろ考えたけど、さしあたり一番手っ取り早い方法ってことで」

ヤモリは、指先についた細かい毛により、ファンデルワールス力を発生させて壁にくっついている。あのヤモリも同じ理屈でくっついているのかどうかは謎だが、いずれにせよ、なんらかの力でくっついているのは確かだ。

波紋の力でついているんでないなら、オイルを撒けばくっつくことができずに、無限の闇へと落下していくはずだ。

なんたって、あの巨体である。

一度落下加速度がついてしまったら、それまでだ。


私とフィオナは一度ホームセンターに戻り、準備をすることにした。

巨大ヤモリがひっついている壁は、反対側。

正規の手順でダンジョンを攻略していた場合、闇の中で崖に気を取られながら歩いていると、こっそり出てきてパクリとやられる……というわけだ。

逆にいうと、私たちの側からは丸見えである。

「やっぱオイルかな。ワックスでもいいかも。いや、ワックスも油か」

「そんなんで倒せるの？　ヒュドラ草に使ったやつで倒せない？」

「草焼バーナー？　直接的な方法はあんまり試みたくないかな……」

ガチンコ勝負になったら間違いなく負ける。

相手には地の利もあるし、もし相手に知能があれば、照明を壊されたりすることもありえる。暗闇でアレと対峙したら逃げられる可能性すらゼロである。

さすがに、あんな巨大なヤモリに生きたまんま丸呑みにされて死ぬのはゴメンだ。

さて、オイルを壁面に掛けて滑り落とす作戦なのだが、問題は、それなりに距離がある壁に油を散布する方法である。

高圧洗浄機にオイルを入れる？　たぶん、大して飛ばないし、すぐ壊れる。

他の散布系も同じだろう。

オイルみたいに粘度があるやつを10メートル飛ばすのは難しそうだ。

試してみてもいいが、失敗した時が怖い。

ドラゴンの時と同じように、向こうが臨戦態勢になる前に決着をつける必要があるのだ。

「ドローンで運ぶ？　ヤモリの上まで行って上から流す？　う～ん……」

どれも微妙だ。

上からオイルを流す作戦は悪くないが、避けられた時に一気に危機に陥るからダメ。

安全地帯から間接的に攻撃するのがミソなのだ。

「これ、まるごと投げれば？」

「缶ごと？　それは、ちょいとワイルドすぎるかな……。でも、どうにかして届かせなきゃね……。

ま、一度戻って考えてみるよ」

◇◆◆◆◇

うわはははは。

やったね、うまくいった。天才かもしれん。ヤモリ可哀想。

最後に「トッケィ～～～」と鳴き声を発しながら真《ま》っ逆《さか》さまに落下していく様は哀愁《あいしゅう》すら感じたが、これも我々が生きて脱出するため……。許せ……。

◇◆◆◆◇

時間は少し遡《さかのぼ》る。

どうすれば危険なくツルツルさせられるか、それが問題だったのだが、ホームセンターを歩き回って考えた結果、なんとか良い感じにやれそうなアイデアが浮かんだ。

「これを使う」

「いや、わかんないってば。マホってすごいよね。こ～んなに、いろんなものが置いてあるのに、何があるのか全部わかってるみたい」

「ふはは……！　さすがの私も全部わかってるわけじゃないよ。精々九割くらいじゃない？」

「十分すごいよ」

そう言われてみればそうかも？

でも、ホームセンターガチ勢はこんなもんじゃないからね。何を置いてるかなんて知ってて当然、それの活用法まで網羅してる人がたくさんいるんだから。うちの親とか。

「それで、結局これはなんなの？」

「ポンプと塩ビ配管。これで向こう側にオイル流すわ」

「ふぅん」

フィオナの反応が悪い。

もっと大袈裟《おおげさ》に驚いてほしい……けど、まあ地味だからなコレ……。

いや、私だってもうちょいスマートな方法があるんじゃないかなって思うよ？

でも、オイルをそれなりに距離のある対岸の崖に良い感じに付着させるのって難しいじゃん。

そりゃ、アイデアだけならあるよ？

でっかいヤグラを組んで、その上から引っかけるとか、一番でっかいポンプでモーターが焼きつくまでぶん回してオイル噴射するとかさ。水風船にオイルを詰めて投げまくるとかさ。

でも、ヤグラは作ってる最中にアレが動きだしたらアウトだし、ポンプで噴射も飛距離届かないと思うんだよね。

オイルみたいな粘性のあるものを水鉄砲よろしく噴射するのってかなり圧力いるだろうし。水風船作戦はけっこういいかなって思ったけど、最初の一発で相手が動いたら即アウトだからね。相手が大人しくしててくれるのが前提の作戦はどれも微妙だわ。

まあ、塩ビ作戦も最良かどうかはわからない。

でも、静かにゆっくり確実に油まみれにできそうではある。

気づいた時にはもう遅い！　ってところがミソだ。

あと、せっかくだから水風船にオイルを詰めたやつも作っておいた。

動き出したが、上手く落っこちなかった時に、こいつを投げるのである。

オイル水風船は、シリンジを使って作った。

シリンジってのは、要するに大きい注射器だ。それにオイルを入れて水風船に押し込めばそれだけで済む。最初、ポンプで圧掛けなきゃだめかと一瞬考えてしまった。

ホームセンターの階の壁に投げつけて具合を確かめてみたが、問題なく割れるし、オイルも良い感じに付着するし、悪くない。

ついでにガソリンもぶっかけて、松明でも投げ込んでやればダメ押しになるかも……う～ん、我ながら思考が物騒になってきたな……。

さて、本命のほうの準備に入る。

必要なものは、オイルタンクと静かな水中ポンプ。ポンプはそれほど圧力は必要ないから、手押しポンプでもなんとかなるだろうが、できれば時間を掛けずにいきたいところ。

塩ビ配管を繋いで対岸まで届く長さとする。

余裕を見て20メートルくらいか。強度的には問題なさそう。音が鳴るとそれに反応しそうだから設置は慎重に。闇に潜《ひそ》んでいるやつなので、視力はあまり良くないだろう。たぶん。

あるいは、赤外線的なもので見ているかな？　いや、位置関係を見るに、足音を聞いて襲ってくるタイプと考えるのが自然だ。

塩ビ配管の周りには分厚いスポンジを巻いておく。

というか、音ですぐ動き出すなら、バルーン型照明を設置してる段階で襲ってきてもおかしくなかったわけで、たぶん、小さい音には反応しない。

たぶん。きっと。メイビー。

「オイルはこのドラム缶に入れて、塩ビ配管を通して、向こう側にオイルを流します」

「なんかたくさんあるけど、いくつ用意するの？」

「五本くらいいってみよう」

「……ということは？」

「オイル缶運ばなきゃだね……」

大量にオイルを流すということは、オイルをたくさん必要とするということ……。

重量物を何度も運ばなきゃならないのは、この階層を最後にしてほしいところですね……。

ヒーコラ言いながら何度も往復し、オイル缶を扉前に積み上げていく。

音で反応するタイプっぽいので、作業は静かに。

扉から中に入るまでならセーフ……だろう。きっと。

空の200リットルドラム缶を5缶。

それぞれに、ペール缶のオイルを注ぎ入れていく。

それにしても、麻痺毒草《ヒュドラ》を燃やしただけなのに、けっこう力持ちになっていて驚く。

少し前の私なら、ドラム缶にペール缶（20リットル）を持ち上げて注ぐのは無理だったはずだ。

しかも音を立てないようにだから、掛け声とかも出せないし。

オイルを入れ終わったら、次はオイルポンプだ。

缶の中に沈めて、吐出口のホースを向こう岸へ渡した長い塩ビ配管と繋げる。

塩ビ配管の先はV型に切り込みをいれてある。それを、巨大ヤモリがいる上——切り立った壁面に接触するようにして固定する。

実際には固定などできないが、動かなければいい。

静かに作業しているからか、ヤモリに動きはない。

目は開いている……が、そもそもヤモリは瞼《まぶた》がない。起きてるのか寝ているのかは不明だ。

「ふぅ……。なんとか準備はできたね。あれが動き出す前に全部終わってよかった」

「ドキドキしたね。マホったら、大きなくしゃみするんだもん」

「油の臭いを嗅いでると、なんかムズムズしてくるんだよ」

それでもアレが起きなかったのは、そもそもこんなタイプの攻撃を想定しているタイプではないからだろう。

「じゃあ、やるよ。スイッチ、オーン」

「おーん」

五台のポンプが一斉に起動し、塩ビ配管を通ったオイルが、音も立てずに壁面を塗らしていく。

オイルポンプは吐出圧力が低いから、勢いで塩ビ配管が動いてしまうことはない。これはさすがに実験済みだ。

油が壁を伝い流れる。

そろそろ、ヤモリにまで到達するけど——

「動かないね」

「ふ〜む。油を嫌がって高速で移動しようとして落っこちるかなと思ったんだけど」

獲物が来るまでは多少の異変があっても動かない習性なのか？

オイルは直接的な攻撃にはなり得ないから？

「とにかく待ってみよう」

「突っついたら落ちないかな」

ヤブヘビになりそう。あいつはヤモリだけど。

オイルは順調に流れ続けているが、ヤモリがあまりに動かないから、塩ビ配管の位置を変えたりしていたら、いよいよヤモリの周りの壁全体がオイルまみれになった。

ヤモリにもオイルが掛かっているが、まったく動じない。

死んでるのか？

そうこうしているうちに、ドラム缶のオイルが空になった。

「…………どうするの？　マホ」

「う〜ん。こりゃ、やるしかないね」

オイルだけで落下してくれれば良かったが、そう甘くはないらしい。

まあ、このためにアレを用意したんだから、問題ない。

「どんどん投げるよ！　できれば手足に！　いっけー‼」

「落ちろ！　落ちろ！　落ちろ！」

私とフィオナは、用意しておいたオイル入りの水風船を投げまくった。

１００個くらい用意してあるから、過剰戦力という説もあったが、準備はしすぎるということはない。

私たちの攻撃で、ついにオオヤモリは動き出す気配を見せた。

右腕を上げて、ペタッと壁面につけようとして、うまくつかず何度もチャレンジしている。

「うぉおおお！　効果は抜群だ！　もっとどんどん投げるよ！」

「うわぁあああああ！　死ね死ね死ね！」

いくつもの水風船が壁に当たってパンっと破裂し、オイルをぶちまける。

オオヤモリもほとんど完全にオイルまみれだ。

右手を壁にくっつけるのを諦めたらしいオオヤモリは、今度は左足を浮かせた。

だが、やはり油まみれの壁面にはくっつけられないらしい。

私たちは夢中で水風船を投げまくる。

あと一本足を上げたら、真っ逆さまに落下していくはずだ。

しかし、その時、オオヤモリは予想外の行動に出た。

全身に力を入れて、なんとこちら側へのジャンプを試みたのだ。

想像していなかった行動。もしあのままジャンプが成功していたら、私たちは囓《かじ》られていたかもしれない。

「トッケィ～～～～～～～～～………………」

……まあ、ジャンプは不発で、わざわざ裂け目のド真ん中まで飛んで落っこちていったわけだが。

その後には静寂が階層を包み込んだ。

しばらく、裂け目を見ていたが、下からヤモリが這《は》い上がってくる気配はない。

無限の底まで落ちていったようだ。

「……倒したの？」

「待って、すぐわかるから……お、キタキタキタ！　身体が燃えるように熱い……！」

「あっ、そうか！　あれだけの魔物だから、倒したら順化が起こるのか。わ、私にも来た！」

どういうメカニズムなんだか、ダンジョンでは倒した魔物の力が倒した人間に還元されるらしく、落下死作戦唯一の欠点であった「死体を確認できない」点はこれによりパーフェクトとなったのだ。

もちろん、落下死では経験値が得られない可能性も考えたが、こんな穴だらけのステージで、そんな意地悪はしないだろうという目算もあった。吹き飛ばす系の攻撃が無意味になっちゃうもんね。

しばらく二人で、笑いながら転げ回った。

レベルが急激に上がることで身体がついていかないからか、むずがゆくて熱くて、でも悪い感じじゃなくて、すごく変な感じ。

あれだけの大きな魔物を倒したのだ。

レベル10くらいまで一気に上がっているかもしれないな！


落ち着いてから、私とフィオナは一度ホームセンターに戻った。

「いやぁ、それにしても上手くいってよかったよ。これで3階層上がったわけだし、そろそろ例の転送碑ってのもあるかもね」

「だといいけど、転送碑って5階層ごとにあることが多いんだよね」

「そうなの？　あー、だとしたらあと1階層か2階層で置いてあるんじゃない？」

「かもしれない。それに、次にもうある可能性もあるし。大きいダンジョンだと、3階層ごとに転送碑がある場合もあるんだって」

それって全然あてにならないってことじゃないのか……？

でもまあ、ドラゴン以降はけっこう余裕で階層クリアできている。

なにより魔物が単体というのがいい。

ゴーレムの群れとかが出たら即詰みだ。

「ヤモリ部屋に照明つけるのまだ途中だけど、今日はもう休もうか。さすがに疲れたね」

「あれだけ急激に迷宮順化が進めばね。でも、本番は寝て起きてからだよ」

「そんな筋肉痛みたいな……」

フィオナによると、迷宮順化して強くなったのを自覚するのは、一度外に出て寝て起きた時なのだそうだ。寝てる間に魔力的なものが身体に馴染むのかもしれない。

「まあ、とにかく今日はお祝いだよ。おいしいものおなかいっぱい食べて、爆睡しよ」

「やったぁ。私、あれがいいな。おにぎり」

「じゃあ、心を込めて握っちゃうよ」

前に一度だけおにぎりを作ったら、フィオナはかなり気に入ったらしかった。

なんといっても、ホームセンターにあるものだけで美味しく作れるからね。米は売るほどあるし、炊飯もできる。海苔《のり》もあるし、具も瓶詰めのシャケのほぐし身、佃煮《つくだに》、梅干し、ツナ缶もある。


拠点ごと最下層のホームセンターに戻った私は無洗米と水を炊飯器に入れてスイッチオン。

電気が来ているから、とても楽だ。家と変わらない。

まあ、私は親に何度となくキャンプに連れていかれたから、薪《まき》に火をつけて鍋で米を炊くことも可能ですけどね。さすがに、疲れている時にやる気はしないけど。

ごはんを炊いている間にオカズの用意をすることにした。

おにぎりだけでもまあ問題はないけど、おミソ汁もほしいしね。

お米が炊けたら、ホイホイッと握っていく。

迷宮順化したからか、あまり熱さを感じない。

腕力が上がった感じはまだほとんどないけど、寝て起きたら、いきなりスーパーマンになってたりするのだろうか?

「フィオナもやってみる?」

「え? いいの?」

「そりゃいいよ。あ、手はキレイに洗ってね?」

小さめのおにぎりを二人で20個も作って、夕飯とした。

時計はあるけど、時間の感覚は全然なくて、本当に今が夜なのかどうかはわからない。関係もない。でも、さすがにそろそろお日様が恋しいというのはある。

これ、ホームセンターに電気が来てなかったら、攻略云々《うんぬん》ってより先に、頭がおかしくなってたかも。

照明が生きていてよかったよ、ホント。

「私が作ったの、みんなまん丸になっちゃう。マホ、どうしてこんな上手に三角に作れるの?」

「コツがあるのだよ。手をこうすぼめてホイホイっと形を整えてだね」

「その、ホイホイって部分がわからないんだよぉ」

「ま、食べれば同じだよ。おんなじ」

厳密にはおにぎりにも上手い下手があるけど、私のが特段美味しいなんてことはない。

フィオナが握ったのも美味しいよ。むしろ、自分が握ったやつじゃないほうが美味しいわ。食べ物は人が作ってくれたもののほうが美味しく感じるよね。

おなかいっぱい食べて、残ったおにぎりは冷蔵庫に入れた。明日の朝ご飯だ。

食後は、甘い物を食べて、ちゃんと歯を磨いて、お風呂に入って寝た。

◇◆◆◆◇

「おおおおおお！　なんじゃこりゃぁあああああああ！」

「あ、おはようマホ。今日も元気ね」

「なんじゃこりゃあああああ！」

「これが迷宮順化だよ？　昨日のうちに言ってあったじゃん」

元気がモリモリ湧いてくる！

すごい万能感！　今の私なら、自動車でも持ち上げられるんじゃないだろうか。

一晩経って、目覚めた私は昨日のパワーアップなど嘘《うそ》でしかなかったかのように、スーパーマンになっていた。

18リットルのオイル缶が、ヒョイッと持ち上げられてしまうほどだ。

たぶん、フィオナと同じくらいのレベルにまで一気に上がったのではないだろうか。

「ダンジョンから出れたら、寺院でどれくらい順化が進んでいるか見てもらえるよ？」

「マジで？　レベル判定ってやつじゃん」

また一つ楽しみができてしまったな。

私はパワーアップしたことで、武器の一つも振るえるだろうと、手斧《ちょうな》を装備することにした。

ホームセンターで入手できる武器といえば、斧に鎌《かま》にバールにチェーンソーである。

包丁《ほうちょう》で槍《やり》を作ってもいいが、攻撃力は低そうだ。

「マホ、強くなって喜んでるとこ悪いけど、私たちくらいの強さじゃ、どのみちこの階層の魔物には通用しないと思うよ……?」

「そ、そんなのわかってるって。気分、気分」

全く抵抗する手段がないよりは、マシというやつだろう。

それが蟷螂《とうろう》の斧だったとしてもね。

◇◆◆◆◇

「さーて、今日も元気に照明を運びましょうか」

「はーい。あの魔物もういないかなあ?」

「いたら経験値にしてやるよォ!」

実際、オオヤモリは倒し方が確立できているので、サービスモンスターだ。

出れば出るだけレベルアップできそう。

そんなことを考えながら階層を上がっていき、ヤモリ階に到着。

そこには驚くべき光景が広がっていた。

「――マジですか」

「なんで？　こんなの聞いたことない」

「ボスを倒したからってことかもね」

真っ暗だったヤモリ部屋が明るくなっていた。

地面の裂け目はそのままだが、これなら余程マヌケでない限り落っこちる心配はないだろう。

周囲には光る虫（厳密には虫ではなく精霊の一種らしい）が飛び交っている。

「これなら照明はいらないかぁ。次の階層に行こ」


いちおう、裂け目に昨日のとは別のヤモリがいないことを確認してから、扉まで移動した。

階段を上って、次なる階層へ。

「さてさて、次はなにがあるかな。直接的な暴力的魔物がいる感じは勘弁してほしいね」

「普通の階層だったら、魔物もどんどん湧いて出てくるからね」

「そうなの？　めっちゃ怖いじゃん……」

ドラゴンがこの瞬間に復活したりしてたら、一気に詰みだ。

いや、毒草でもヤモリでも詰みは同じだけど。

なんか急に不安になってくるな。大丈夫か？

「あはは。大丈夫よ、マホ。迷宮にいる特別な魔物は二度と復活しないから」

「そうなの？」

「うん。そのかわりすっごく強くて、名前なんかつけられてたりするみたい。私も他のダンジョンで活動してたっていう冒険者から聞いた話だけどね。倒したら、もう出ないんだって」

「へぇ。まあ、ボスに何度も何度も出てこられても困るもんな……」

ダンジョンは行って帰ってを繰り返して探索するもののはず。

行きに苦労して倒したやつが、ヘトヘトの帰り道で復活してましたじゃ、やりきれない。

ザコモンスターだって、復活してほしくないくらいなのに。

いや、ザコは復活してくれないと経験値稼ぎができないからダメか。難しいところだな。


そうこうしているうちに扉に到着。

少しだけ開き、中を確認すると、そこは湖だった。

「なんだこりゃ！　ダンジョンはビックリステージの宝庫だな」

「ダンジョン内に水場があることはあるけど……これは驚きかも、けっこう綺麗ね」

「これ、水の中になんかデカい魔物が潜んでるパターンでしょ……」

厳密には湖ではないのだが、通路らしき部分以外は全部が水で覆われているのだ。

あの下がどうなっているのか、ライトで照らしたりすればわかるかもだが、あまり近づく気にはならない。

「どうする……？　絶対なんか出てくるでしょ。私は詳しいんだ。店にボートとかある？」

「あるけど、そんなの即沈没させられるって」

「じゃあどうするの？」

そんなもん決まってるじゃん。

「ドドデン！　ダンジョンの水ぜんぶ抜く！」

「え、えええええ……？」

「なんとうまいことに、水を捨てる場所も、下の階層にありましてですね。水ステージなんてつき合ってられるかっての」

でっかい水溜まりって怖いよね。

こういう水がタップリある階層とかには、本能的な恐怖すら感じるのは私だけではないはず。

ただでさえ薄暗いのに、水の中に何が潜んでるかわからないわけだし。

幸い、ホームセンターには水中ポンプもホースも売るほどある。

全量抜いて、魚がいたら夕飯のおかずにしてやるぜ。


例によって、私たちは扉の中には入らず最下層へととんぼ返りした。

魔物とガチンコ勝負になった時点で、詰む可能性が高いだけに、慎重にいく必要がある。

「ねえ、フィオナ。パッと見、地表部分になんか魔物の姿とか見えた？」

「ん～ん。なんにもいなかったと思う」

「じゃあ、やっぱ水中だねぇ」

三《み》つ叉《また》の槍とか持ったデカいマッチョ半魚人とかが出てきたらどうしよう。

倒せるビジョンが湧かないわ。

とはいえ、さしあたりやれそうなことは水を抜くことくらいだ。

もちろん、どこからか水が流入してきている場合、ポンプで抜いた分だけ入り続けて永遠に抜けないということも考えられるが……ま、そんときゃそんときだね。

「発電機はヤモリ部屋で使ったやつそのまま使えるから運ぶとして、あとはポンプとホースと、ロープがあればいいかな」

あれだけの水量を排出するのに、問題なくいっても五日くらいかかりそう。

まあ、時間だけはいくらでもあるからいいんだけど。

さて、ホームセンターでは排水ポンプが売られている。

排水ポンプってのは、水の中に沈めて起動すると水を吸い込んでバシャバシャと流してくれるやつだ。

1階層下のヤモリ部屋のピットに水を捨てるには、ポンプでなくてもサイフォンの原理を使えば流せるだろうが、今回は普通にポンプを使うことにする。

「…………問題は揚程《ようてい》が足りるかだな」

ホームセンターに売っているポンプはたいした吐出圧が出るわけじゃない。精々10メートル程度の揚程能力しかない。水を押し上げるのは意外と力がいるのだ。

ただ、一度上がってしまえば、サイフォンの原理で水は流れる……はず。

つまり、水深の浅い場所で使い始めて、水が流れてから深い場所に移動させればいい。ヤモリ部屋は100メートル以上も低い場所にあるし、出口をそれだけ低い場所にしてやれば、それで十分水は流れるだろう。

ポンプ自体はホース内に水が満ちる程度に仕事をしてくれればいい。

「問題はポンプを水に浸ける部分だけど……。投げりゃいいかね。フィオナ、ちょっと」

「どうしたの？」

「これ、思いっきりぶん投げてみて。どこまで飛ばせる？」

「投げるって、ここで？」

「うん。試《テスト》しだから」

今いる場所は、ホームセンターの駐車場だ。

試し投げするにはちょうどいい広さ。さすがにいきなり本番環境ではやらない。

無限在庫だから、本番で使う予定のポンプを試し投げできたりしちゃう。

すげー無駄遣いだけど、命懸けだからね。

「けっこう軽いから、かなり飛ばせるんじゃないかな。じゃ、いくよ～。それっ！」

「お、おお～。すごい。オリンピック選手みたい」

こないだのヤモリでレベルも上がってるんだろうが、20メートルくらい飛んだ。

説明書によるとこのポンプ、重量5キログラムもあるんだよ？

斧の投擲とかでもけっこう戦えるんじゃないか、これ。

ともあれ20メートル飛ばせれば、さしあたり十分だろう。

手前の水が引けたら、また次の場所へと移動していけばいい。できればドン深になっていて、手前からいきなり最高深度になっていていてくれればベターだが、そうかもしれないし、そうじゃないかもしれないってことで。

「う～ん。けっこう行き当たりばったりだけど、まあこればっかりは仕方がないよね。どのみち、半魚人が出てきたら水があろうがなかろうが関係ないだろうし」

「はんぎょじんってなに？」

「魚人間モンスターだよ」

考えてみると、半魚人が強いとかエラ呼吸と肺呼吸を併せ持ってるって部分だけじゃない？

水がなくなったら究極、陸地に上がってこられない可能性すらある。

よし、それに賭けよう。

水中ポンプにロープを括《くく》りつけ、排水のためのホースは、外れないようにバンドでかなりキッチリ締め込んだ。売っているホース一巻き分では距離が足りないので、継ぎ手を噛ませて、５００メートル分くらいに延長する。かなり圧力が掛かりそうなので、耐圧ホースを用意した。あんまり太いものは置いてなかったから、ちょい細めになるが、これは仕方が無いだろう。

問題は電源ケーブルも短めなところだが、屋外用の延長ケーブルを使い、コーキングで隙間を塞ぎ、さらに防水テープでグルグル巻きに固定したから、たぶん大丈夫だろう。

私とフィオナは道具類の準備を終えて、水溜まり階層へと移動。

扉前でミーティングを行う。

「あの手前の水のとこまで届けばとりあえずいいよ。ダメだったら一度引き上げてまた投げればいいし」

「了解！　うまくいくといいね！」

「大丈夫、大丈夫。ホームセンターを信じろ！」

「じゃあ、いくよ！　ソレッ！」

扉を少しだけ開けて、フィオナがポンプを投擲する。

ポンプは綺麗な放物線を描き、ばっしゃんとまあまあ大きな音を立てて、水中に没した。

私はすかさず電源を投入する。

「お、キタキタキタ」

水の音がして、ポンプに繋がったホースの中に水が吸い上げられてくるのが見える。

私はロープを扉のノブに括りつけて、とりあえず今の位置で、ポンプの高さを調整した。

湖の水量は少なくとも50メートルプール一杯分はある。

水深次第ではもっとあるだろう。

下の階を確認すると、ヤモリ部屋の無限ピットに良い勢いで排水されていく。

迷宮という特性上、泥《どろ》とか、落ち葉とか、ゴミとか、そういうのでポンプが詰まる可能性は低そうだ。なんなら、プランクトンすらいないだろう。

ちょっと捨てるのが惜しいくらいきれいな水だ。


その後、特に魔物が水中から出てくることもなく、排水はつつがなく進んだ。

とはいえ、かなり時間がかかるのは確か。

少しでもペースを上げるべく、さらに同じものを三つ作って、四台で水を抜いている。

ポンプも、底につくまでロープを緩めたが、どうやら手前側でも深さが20メートルほどもあるようだ。

ポンプの揚程は足りないが、ちゃんと排水できているので、問題はない。

「ねえ、マホはここから出れたらどうする？」

光虫の光を受けてキラキラと輝く湖面を見つめたまま、フィオナが改まって言う。

「どうするったってねぇ。なんの伝手《つて》もないし……フィオナがやってた探索者ってのやるしかないんじゃないかなぁ」

「探索者をやるの？　マホ、魔物とちゃんと戦ったことないのに？」

「まー、なんか他に市民権がなくてもできそうな仕事があればねぇ」

私は呼び出された存在、つまり完全無欠の異邦人だ。

ホームセンターのものが使えるといっても、この迷宮から持ち出せる量なんてたかが知れている。

外に出られたら、もうホームセンターのものなんて使わず、自分の力で生きていくしかないのだ。

もちろん、なにか高く売れそうなものを持ち出して換金……くらいは考えているけど、異世界で高く売れそうなものってなんだろうな？　とも思う。

双眼鏡とか、お布団とか、鏡とかガラスとか？　持ち運びを考えたら、双眼鏡一択かなという気がする。あ、珍しい植物とかも売れるかな？　あとは……ハムスターとか。外来種はマズいか。

それに、やっぱ外から来た人間って怖いじゃん？

この世界がどういう世界かわかんないけど、魔女狩りみたいなことになる可能性、高いと思うんだよ。ホームセンターのものなんて持ち込んだら尚更《なおさら》。

そうでなくても、常識に疎《うと》いわけだし、早晩詰みそう。

なんか、外で暮らす自信なくなってきたな……。

「ん～、究極、私はここで暮らすよ」

「……え？　なんで？　なんで、そんなこと言うの？」

フィオナが驚いたように、こちらを向く。

金の髪がサラサラと流れて、場違いに綺麗だな、なんて感想が浮かぶ。

「私はこの世界の人間じゃないからさ。たぶん、歓迎されないって思うんだよ。もちろん、お日様は恋しいし、外に出たりはすると思うけど、ここから離れて街で暮らすのって、ちょっと危ないだろうし」

「……じゃあ、その……家族とか作ったりしなくていいの？」

「家族⁉　結婚ってこと？」

「そう」

そういうの気にするのか。

お年頃《としごろ》だもんな。

私のいた世界じゃ、これっくらいの年で結婚考える子はほとんどいないんだよ。肉体的にはともかく、精神的には子どもなんだよね。

考えてみたら、私とほとんど同じくらいの年齢で、斬った張ったの冒険者稼業やってるフィオナは、すごく独立した大人ってことだ。

ご禁制を吸って精神の安定を図りがちなところはともかく。

「ん～。別にいいかなぁ。男の子とつき合ったりとかは、もう卒業」

「お、男の子とつき合ったことあるの⁉」

「はぁ～ん？　そりゃぁ、あんた。男子の一人や二人……すみません。ないです。見栄張りました」

「なんだ！　じゃあ、マホだって私と変わんないじゃん！」

「フィオナもないの？　そんなに可愛いのに。私が男だったらほっとかないけどなぁ」

こう言っちゃなんだけど、フィオナはもう経験済みなのかと思っていたな。

大人になるのが早いってことは、そっちも早いってことなんだろうし。

「でもまあ、一応は外でも暮らせるかは試してみるつもり。まだ学生だったし、ちゃんと働けるのか不安だけど、まあなんとかなるでしょ。ダメならここで暮らせばいいもんね」

「学生⁉　マホ、学校に行ってたの？　やっぱり貴族だったってこと……？」

「この私が貴族に見えないとな……？　まあ、貴族じゃなかったけど。私がいた国じゃ、全員が学校に行くのよ」

「全員が……？」

「フィオナは学校行ってないんだ？」

「うん。……ちょっと事情があって」

学校そのものはあるってことかな。

貴族がどうのって言ってるし、貴族学校みたいのがあるのかも？

でもまあ、あのドラゴンの魔石も高く売れるとか言ってたし、行けるんじゃないか？

「外に出られたらさ、学校行ったらいいよ」

「でも、私もう十五歳だよ？」

「なんだ、そんなこと。何歳からだって学んでいいんだって、私のいた世界じゃ常識だったよ？」

「じゃあ……もし、本当にここから無事に出れたらさ、マホもいっしょに通ってくれる？」

「私も⁉　う、う〜ん。学校かぁ……」

学校ねぇ……。

正直、あんまり行く気はしないけど……。

っていうか、そもそも私、市民権みたいなものないでしょ。学校は無理じゃないかなぁ。

徐々に下がっていく水面を眺めながら、ふと横を見ると、フィオナが覗き込んでいた。

膝の上で両手を握りしめて。

懇願《こんがん》するような目で。

「……ま。そうだね。出られたら、二人で学校行こっか」

どーせ、この世界でやんなきゃならないことなんてないんだしね。

フィオナと二人でなら学校も楽しいかもしれない。

どういうことを学ぶのかさっぱりわかんないけど。

「ほんと！　じゃあ、約束！」

「はいはい。約束、約束」

「絶対！　絶対だよ？」

フィオナは嬉しそうにへニャッと笑っている。

まあ、嬉しそうだからいいか。

◇◆◆◆◇

水抜きにやたら時間がかかるので、私たちはホームセンターに戻ってダラダラと時間をすごした。

我ながら緊張感がないが、さすがにもうこの状況にも慣れてしまった。

少なくとも転送碑とかいうのにまで辿り着けばいいわけだし、厄介な階層が続いているわけだし、
たぶんそろそろだろう。

……というか、私たちはホームセンターがあるからクリアできてるけど、これ、普通の冒険者

パーティーがクリアできるとは到底思えないんだけど、どういう設計なんだか。それとも、強くなった冒険者って、水や闇や毒や竜をパワーで粉砕できるくらい強いのかな。人間やめてるだろ。

半日ごとに確認に行ったが、ホースからはバシャバシャと水が出続けていた。

二十四時間ポンプは稼働しっぱなし。

かなりの水量だが、無限ピットはまったく問題なく水を飲み込んでいった。

これ、本当に無限に繋がってるとしたら、最強のゴミ処理場になりそうだ。

現代日本だったら、すごいお金を稼げるだろうな。ホームセンターなんかより、よっぽどチートだよ。

まあ、これの価値を異世界人が理解するようになるのは、あと何百年も先なんだろうけど。

結局、ホースから水が出なくなった……つまり、排水が終わったのは、作戦開始から五日後の午後だった。

すごい量の水を捨ててしまったな……。

「うわぁ。すごい！　めっちゃ深いね、フィオナ！　やっぱりドン深だったか！」

「ふわぁぁあああ。あれだけあった水、全部抜けちゃったってこと？」

「そうだよ。五日間もかかったけどね」

水がすっかり抜けた水溜まり階層は、風景が一変していた。

他の部屋と同じように石造りの階層であり、水があった場所はようするに深い穴になっている。

深さは20メートルほど。

ところどころに小さな横穴が開いていて、ちょろちょろと水が出ている。どうやら、水が補給されてくる仕様らしい。あの水がどこから来ているかは不明だが、地下水とかなんだろうか。ホームセンターって水質検査キットみたいの売ってたっけ？

「あ！　あそこ、なんかいる！　わ、でっか」

「でっか！　なんだあいつ。魚？」

水がなくなった底に、ドデカい魚みたいな蛇みたいなやつがビッタンビッタンと跳ねていた。

他に魔物らしき姿はない。

どうやら、この階層も魔物が一匹だけいるパターンだったようだ。

「マホ……あれ、たぶん、水竜だよ。角あるし」

「竜？　ドラゴンなの？　あいつ」

「たぶん」

双眼鏡を持ってきて確認してみると、たしかに魚というよりは蛇っぽい。

なるほど、ドラゴンか。

底のほうでビッタンビッタン跳ねているところを見るに、どうやら水がなければほとんど無力な存在らしい。

少なくとも蛇みたいにシュルシュルと壁を昇ってくることはなさそうだ。

「あのまま放っておけば死ぬかなぁ。一応攻撃してみる？」

「どうするの？」

「そりゃ、この状況なら位置エネルギー攻撃しかないっしょ」

なにせ、20メートルも下にいるのだ。こっちの攻撃だけが一方的に届くというのは大きい。

火もつけて焼き魚にして、ついでに酸欠も食らわしてやろう。

ドラゴンだっていうんなら耐久性高いだろうし、やりすぎるくらいでちょうど良い。

私はフィオナと協力して、ホームセンターから鉄筋やら鉄アレイやら斧やらを持ってきた。

さらに灯油をぶっ掛けて火をつける。

我ながらやりたい放題だが、時間もあまり余裕がないのだ。なにせ、ちょろちょろとだけど地下水が入り続けているわけだし。

また、何日も掛けて水を抜くのはしんどい。

「フィオナ選手、思いっきりいっちゃって！」

「はい！　それぇええええ！」

フィオナが槍投げよろしく投げた鉄筋が、水竜の身体に突き刺さる。

意外と防御力は高くないらしい。たぶん、環境特化型だから、素の能力はそこまで高くないのだろう。

水の中からすさまじい速度で襲いかかる系の魔物に違いない。

私も鉄アレイとか、斧とかを投げる。

あんまり上手く刺さらないが、質より量でいくしかない。

火炎攻撃もまあまあ効いてるぽい。やはり水属性には火なんだろうか。ゲームだと雷属性がよく効くけど、魚は人間が触るとその皮膚の温度だけでヤケドするという話も聞いたことあるし、実際には温度変化に弱いんだろう。エラとか内蔵丸出しみたいなもんだし。

そうやって攻撃を続けていると、だんだん水竜の動きが鈍っていき、パァンと弾けた。

レッドドラゴンほどではないが、それなりの量の魔石がバラまかれる。

「よっしゃぁ！　やったね、フィオナ！」

「ああ～～～！　魔石！　拾わないと！」

「フィオナって、意外とセコイとこあるよね……」

いやまあ、お金は大事なのはわかるけどね。

今、私たちって生きるか死ぬかのサバイバルの最中なのだよ？

まあ、いいんだけど。

私もお金は好きです！

「ふぉおおおお！　キタキタ！　レベルアップ！」

「私も！」

あのトカゲと同じくらいの経験値が貰えたに違いない。

感覚的なものだからわからないけど。数字で出ろ。

ホームセンターから縄梯子《なわばしご》を持ってきて、下へ降りる。

はやく拾わないと、確かにすぐ水で埋まってしまいそうだ。

「ん？　あそこになんかない？」

「え？」

「ほらほら、あれだよ。箱みたいな」

「あ、わわわわ！　マホ、あれ宝箱だよっ！」

「宝箱？」

そんなもん実在するんかい。

いつ、誰が、どんな目的で置くんだ？　ダンジョンは謎がいっぱいだな。

「じゃあ、さっそく開けるかぁ」

「ダメダメダメダメダメ！　マホ、私がなんで最下層に一人でいたのか忘れたの？」

「ン？　なんだっけ？」

「罠だよ！　転移の罠にひっかかったんだって言ったじゃん！」

「お、おー！　じゃあ、あれも？」

「たぶん……。罠が掛かってないこともあるけど、こんなとこにあるやつだし」

困ったね。罠を解除する技術なんてないよ。

フィオナのほうを見ても、首を振るばかり。

どうも、罠の解除は専門のスキルを持つ者の仕事らしい。

「じゃあ、諦めますか！」

「え!?　ヤダヤダ！　こんな最下層にある宝箱だよ!?　魔導具が入ってるかもしれないじゃん！

あとは魔法の武器とか」

「そんなのあるんだ。う〜ん。罠ってどういうのがあるの？　作動する条件は？」

「普通は開けた時に作動するけど……」

なんでも、爆発とか毒針とか転移とか麻痺毒とかいろいろあるらしい。

なかなかイヤらしいが、とりあえず箱そのものを移動させられればなんとかなるんじゃないだろうか。

ホムセンから玉掛け用のベルトスリングと、ロープホイストを持ってきた。

宝箱は角部にあったから、三脚をセットして、上から引っ張り上げることができた。

ぶっちゃけた話、迷宮順化が進んだ私たちにとって、宝箱の一つや二つ、引っ張り上げるのなんて軽い物だ。

ただ、衝撃で罠が作動して爆発とかされても困るんで、作業は慎重を期した。

衝撃を与えないように毛布やらマットやらも用意して、ゆっくりゆっくりと、音が立たないくらい静かに降ろす。

「よしよし。あとは開くだけだね。とはいえ、この階層はよくないな……」

爆発して中身がぶっ飛び、水の中にポチャンと落ちたら笑えない。

ヤモリ階はもっとダメ。畑階も避けたいし、やはりドラゴン階か。

あそこは完全に遊んでるだけの部屋だし。

「どっか運ぶの？」

「う～ん。運ぶならドラゴンがいた階なんだけど、二人で落っことさずに階段降りてくことできそう？」

「わかんないけど、できるんじゃない？」

「どうかな……。階段……階段か……あ」

せや！　いいこと思いついた！

◇◆◆◆◇

「……ほ、ホントにそんなことしていいの？　中身、なんか貴重な薬とかかもしれないよ？」

「そんときゃそんときだよ。私たちは生き残るのが一番大事なんだから、探索して貴重なアイテムをゲットするのは、もっと普通の時のためにとっておこうね」

「で、でもぉ」

「でもじゃない！　ほら、やるよ！」

私とフィオナは、水竜部屋の下り階段前にいる。

二人で宝箱を持ち上げ、階下に向かって構えている。

「じゃあ、いくよ！　いーち、にーい、さん！　そいッ！」

「もう！　どうにでもなれー！」

階下に向かって思い切り宝箱を放り投げ、私たちはすかさず扉を閉めた。

このダンジョン扉はガソリン気化爆発をも防ぎきるほど強度の高いもの。

宝箱の爆発くらいはものともしないだろう。

「箱が転がり落ちてく音しかしないね」

「爆発の罠じゃなかったんじゃないかな。それか、開かなかったかのかも」

「見てみよう」

私たちは扉を開けて、宝箱を確認しにいった。

「開いてるよ！　やったね、大成功！」

「これ大成功なの？」

大成功なんだよ！　安全に開けられりゃあなんだっていいんだから。

とはいえ、不用意には近づかない。毒ガスが出てるかもだし。

「どうやら大丈夫そうだね。罠、なんにもなかったんじゃない？」

「ん～、そうかも。箱に罠が入ってないし」

「罠って、物理的になんか入ってる感じなんだ」

そこは魔法の力じゃないんかい。

謎すぎる。爆発とか、可燃性ガスが密閉されてるのか？　開くと同時に着火されて爆発？

誰が用意するんだ、そんなものを。迷宮に宝箱罠職人でも住み着いてるのか？

「そんで中身は？　瓶詰めの薬とかだったらごめんだけど……。なんだこりゃ。袋？」

「袋……というか、バッグだね」

「バッグかぁ。革製で悪くないけど、あんな水底からずいぶん地味なもんが出てくるんだねぇ」

私はバッグを引っ張り出して、眺めた。

フィオナが欲しそうにしているので、渡すと、しばらく中を開いたりまさぐったりしてから、キェエエエ！　と奇声を発した。

どうした、どうした。

ついにご禁制の副作用が出たか⁉

「マホ！　マホ！　マホ！　マホ！　これ…………魔導具！　魔法のバッグって言われてるやつ！」

「なにそれ？」

「ダンジョンでもほんっっっっとうに稀にしか出てこなくて、特級の探索者とか、王族とかしか持ってなくて、売ったらお城が建つくらいの価値があるバッグだよ！　たくさんいくらでも物が入って、重さも感じないって聞いた！」

そりゃすごい。アイテム袋じゃん。

え？　実在すんの、それ。

「それがあれば、ホームセンターのものもたくさん入れて運べるよ！　ほら、私の剣だって、全部入っちゃうでしょ！」

「マジか。マジだ」

剣みたいに長いものは普通はバッグになんて入らない。当たり前だ。

でも、このバッグは普通にまるまる収まってしまう。

魔法……魔法のアイテムか……！

「とにかく、一度戻って検証しよう。どれくらい入るのかわかんないし」

「そ、そうだね。なんか魔法のバッグも、ものによって入る量が違うって聞いたことあるよ。たくさん入るやつだといいね！」

「だねぇ。なにより重い物が入って重量感じないってのは大きいな。ポリタンクには苦労させられたからね」

◇◆◆◆◇

というわけで、最下層まで戻ってきました。

ん？　先に上の階層を確認してからでもよかったのでは……？　まあ、いいか。

戻りながらフィオナが興奮気味《こうふんぎみ》に話してくれたけど、この魔法のバッグというのは本当に貴重な宝物なのだそうだ。

そもそも、迷宮には稀にしか宝箱は現れず、上層ではたいしたものは出ないらしいが、下層に行けば実用的な良いものが出るものらしい。

炎を纏った剣とか、なにをしても壊れないのに軽い盾とか、どんな傷もたちどころに癒す水薬とか。

そんな中でも、特に貴重で実用的にも最高の逸品とされているのが、魔法のバッグなのだという。

「あとは、容量が大きかったら言うことないんだけどね」

「最下層近くで出たものだし、容量もきっと大きいと……思う。大きいといいなぁ」

「ま、試してみよう」

とりあえず、ペットボトルの水を入れてみる。

一本、二本、三本……。一ケース入れても余裕だ。

取り出すときも、なんとなくそれがあることがわかる。魔法だ。

「……あー、これまだ全然容量あるわ。触った感覚でわかるよ」

「そうなの？」

「うん。バッグが教えてくれてるというか。あと、ほら」

「わ！　すごい……！」

バッグの口よりも大きい20リットルのポリタンクを近づけると、シュポッとバッグの中に収まった。どうやら容量に余裕があるなら、大きいものも入るようだ。

こりゃ歴史に残るレベルのお宝なのでは……？

「これを売ればもう働かなくても生きていけそうだねぇ」

「え!?　売っちゃうの？　だって……」

「ん？　いやまあ、二人で見つけたものだしさ。換金しなきゃだし」

「……どうしてそんなこと言うの？　二人で見つけたものなら、二人で使うんでもいいじゃない！」

言われてみればそうかな？　とも思うが、でも、フィオナだってお金はあったほうがいいだろう。

魔法袋は棚ボタ的に手に入れたアイテムなわけで、別に売ったからどうということもないはず。

「だけど、お宝なんでしょう？　殺されて奪われたり、盗まれたりしそうだしさ。売っちゃったほうが良くない？」

「ダメ」

「なんで？」

「だって……このホームセンターにある物とか、運ぶのに、これがあるのとないのじゃ全然違うじゃん。ダメだよ……」

「そんなことはわかってるけどさぁ」

どのみち、ホームセンターのものなんて、外の世界ではおいそれとは使えないわけだしなぁ。

そりゃ、あったほうがいいに決まってるけど。

「フィオナ、魔石が出たら換金できるからって、すごく大事にしてるじゃん。それなのに、これは売りたくないなんて矛盾してない？　ホームセンターのものは……売ろうと思えば売れるだろうけど、出所だって疑われるだろうし、お金にするのは難しいんだよ？」

「お金のことじゃないの！」

大きな声を出したフィオナは、目に涙をいっぱいに溜めている。

そりゃ私だって、これがすごく便利で貴重なものだってことくらいわかってるつもり。

でも、こんなにフィオナが反対するなんて……。

「わ、悪かったよ。どっちにしろこれは二人で見つけたんだし、フィオナが売りたくないなら売らないよ。売るとか売らないってのはさ、なんていうかな……そう、提案。提案だから」

「じゃあ、マホが使って。マホにあげる」

「え、ええ……？　あんなに貴重なものだって言ってたのに？」

よくわからないが、フィオナはこれを私に使ってほしいらしい。

まあ、そりゃまだ迷宮は攻略しなきゃだし、ホームセンターのものを運ぶのに便利ではあるけど、なんかそういうのとは違う感じだ。

「マホじゃなきゃ見つけらんなかったんだから、それはマホのものなんだよ。私だって、誰だって、あんなにたくさんの水を全部抜くなんて、思いもよらないんだから」

「そ、そう……？　じゃあ、私が使わせてもらうよ」

私としては二人で攻略してるのだし、全部等分でいいと思うのだが、フィオナはこれに関しては譲るつもりがないらしい。

まあ、いずれにせよ売る売らないなんて、外に出れた後の「たられば」だ。こんなところで言い争いをしても仕方がない。

「まあ、とりあえずバッグのすごさはだいたいわかったから、ごはんでも食べて、次の階層行ってみようか！　そろそろ転送碑があるかもだし！」

なんといっても、次で5階層目だ。

ホームセンターを0として、ドラゴンが1、ヒュドラ草が2、ヤモリが3、水竜が4、次で5だ。

なんとなく五階層ごとくらいにワープポイントがありそう……ってのはゲーム的な感覚だろうか。

そうでなくても、想像通り、ドラゴンが一番高難易度で、少しずつ簡単になってきている感触もある。

相性もあるから一概には言えないけど、次もなんとかなるはず。

いや、ここまで来たらなんとかするんだ！


待ってろ、お天道様！

◇◆◆◆◇

「さて……じゃあ、次なる扉を開けるよ、フィオナ」

「ねえ、マホ、もし難しい階層だったら、無理に抜けようとしなくてもいいからね？　ここで二人でずっと暮らすのも悪くないって私最近思ってるよ？」

急に弱気の虫が再発したらしいフィオナ。

ヤモリの時も水竜の時も、そんなこと言わなかったのに。

どうしたんだろ。

「フィオナ。確かに、ホームセンターがあれば、生きるだけなら問題ないよ？　でもさ、今は良くたって、こんな場所で10年20年と暮らしてたら、ぜったい頭がおかしくなるよ？」

お日様に当たっていないことで、こう、セロトニン的なものが不足して、心身共に不健康になると思う。どっちかが病気になるなんて可能性だってあるわけだし。

私も、最初こそ口ではずっとここで暮らせるなんて言ったけど、あくまで励《はげ》ますための方便だ。

こんな閉鎖環境で何年も暮らせるわけがない。

「気持ち的に余裕がある今だからこそ、さっさと攻略しちゃったほうがいいんだから。もしかしたら攻略に一年とかかかる階層だってあるかもなんだし」

「で、でも……」

「大丈夫。これまでも、扉を開けてもすぐに襲ってくる魔物いなかったし。理屈でいえば、階層を昇るごとに魔物も弱くなるはずなんだから。ね？」

ここまでのパターンを踏襲するならば、この階層に転送碑があるか、そうでなければ、単体のボスがいるだけのはず。

これまでの階層を紐解くと、土（毒）、闇、水と来ている。次は風か火か？　いや、火はレッドドラゴンがその役目だったのかも。光の可能性もある。

ふふ……こんな考え方はゲームのやりすぎってやつかも。

そっと扉を開くと、中はガランとした広間だった。

今までとは趣が違う。広間といっても、そこまでの広さではない。

真ん中には魔法陣らしきものが地面に描かれ、淡く光っている。

「なんにもいないけど。魔法陣あるし、これは休憩ステージでは⁉　転送碑は？　どれ？」

あの魔法陣が転送碑か？

それともセーブスポットかしら。なんだよ、セーブスポットって。

「転送碑ではないね。なんだろ、あれ……。見たことないし、あぶないものかも。マホ、やっぱり戻ったほうがいいんじゃない……？」

「いやいやいや、結局は調べることになるんだから。大丈夫、いろいろバッグに詰めてきたし」

私はフィオナの手を引き、部屋の中に入った。

少しだけ進むと、パァッと真ん中の魔法陣が光り始めるではないか。

元々、部屋はそこそこ明るいが、パアッと部屋全体が明るくなるほどの強い光だ。

「な、なんだろ……」

「ねえ、マホ。私嫌な予感がするんだけど……」

光はしばらく続き、止んだ。

同時に、後ろでバンッと、扉の閉まる音。

「え、えええええ。ねえ、マホ、いるよね？　あそこに誰か」

「はっは〜ん。なるほどね。完全に理解した」

魔法陣の上に出現した人影は二つ。

実物と比べて、少し薄暗い色合いになっているが、見間違えることはない。

私とフィオナだ。

「え、えええええええええ!?　あれ……私と……マホ？」

「そうみたい。……いやぁファンタジーだなぁ」

迷宮に現れるものとしては定番中の定番。

私たちのダブル。ドッペルゲンガーだ。

私たちが入ってきた扉は閉まってしまい、どうやら開きそうもない。

つまり、アレを倒さなければ出られないということだ。

とはいえ――

「フィオナ！　この階層は楽勝だよ！」

「え、えええええ、なんで？　閉じ込められてるんだよ⁉」

「だって、私とフィオナだよ？　普通に戦っても五分五分ってことじゃん。その上で、あっちの私ってば、見たとこ魔法袋を持ってないみたいだし余裕でしょ」

二体のドッペルゲンガーは身につけた装備こそ同じだが、なぜか魔法袋は持っていない。

おそらく、道具類まではコピーできない性質なのだろう。

これがもし通常ルートから入ってきた冒険者が戦う場合、非常に厄介な魔物なのは間違いない。

剣も魔法も使える屈強なパーティーがフルコピーされたら、勝てたとしてもかなりの僅差《きんさ》になるはず。

その上で、道具類までコピーされたら、回復薬の類まで使えるようになり、完全に泥仕合になる。

本来ならば、ここをクリアしても、まだ水ステージ、闇ステージ、毒ステージ、さらにはレッドドラゴン戦へと連戦していかなければならないわけで、さすがにキツすぎる。

だから、たぶんだけど救済措置としてのアイテムなし仕様。というか、まさかダンジョンを作った人も、「アイテムが本体」みたいな奴に攻略されるとは夢にも思ってなかったに違いない。

いや～、それにしてもよかった。

普通に強めの魔物が出るステージだったら閉じ込められた時点で全滅だったわ。

「魔法のバッグにいろいろ入れておいてよかったよ。いきなり助かったね」

「どうするの？」

「そりゃ、ぶっ殺しますよ。サクッといきましょ」

ドッペルゲンガーが武器を抜き、こちらへと向かってくる。

いずれにせよ迷っている時間はない。

「フィオナは偽フィオナをお願い」

「わ、わかったけど、どうするの？」

「私が動きを止めるから、即殺で。自分と同じ姿だからって躊躇したらダメだよ？　魔物なんだから」

まあ、アイテムのない私たちなんて、ザコもいいとこでしょ。

多少は私もフィオナもレベルアップしてるかもだけど、私なんて防具も装備してないし、武器は斧だけだし。

「よいしょ」

私はバッグから消火器を取り出した。

次の階層は火だろうとアタリをつけていたのだ。

全然ハズレで関係ないことに使うことになったが結果オーライである。

「オラァ！　食らえ！」

安全ピンを抜き、レバーを握り込み、ドッペルゲンガーズに消火器を噴射する。

バフゥ！　と白い粉が飛び散り、目の前が真っ白になる。

ドッペルたちが目を押さえ動きを止める。声すら出さない。

やはりデキの悪い偽物だ。

「フィオナ！　とどめ！」

「はいっ！」

電光石火の一太刀《ひとたち》。

フィオナの細剣が火を噴き、偽フィオナの首が刈り取られ魔石になる。

どれほどレベルが上がっていようと、人間の耐久力など知れたものだ。すなわち、先に有効打を入れたものが勝つ。

私はバッグから、鉄アレイを取り出して、偽マホへと投げまくった。

5キログラムの鉄アレイが頭に直撃して、偽マホもあっけなくパンと弾けて、魔石をバラまいた。

ダメなら斧かスレッジハンマーを叩き込むしかないと思っていたが、けっこう脆い。

余裕で完勝だ！

「へーい！　お疲れ！　フィオナすごかったね！」

「マホもすごかったね！　その赤いのなんなの？」

「消火器のこと？　これはねぇ、火を消すやつ」

「火なんてなかったよ？？？」

説明が難しいが、まあ、手軽な煙幕兼目潰しなのだよ。まあまあ噴射の勢いもあって、相手を怯ませるには十分な効果があるし。

「さあさあ、それはそれとして、クリアーだよ。魔石拾って、次の階を見とこう」

私がそう言うと、魔石を拾っていたフィオナが薄く身体を震わせて、ゆっくりと顔をあげた。

なんとも言えない表情だ。

困っているような、悲しんでいるような。

なんなんだ?

「フィオナ～。置いてくよ～」

私はかまわず歩き出した。この先に何が待っているにせよ、ここにずっといることなんてできないという事実は確定している。なら、前に進む以外の選択肢はない。

「ま、待ってよ。私も行くから……」

「早くね」

何かある。

フィオナの様子を見れば、それは間違いない。

1層クリアするごとに、だんだんおかしい態度を取るようになってきた。

外に出たくないとか？　ここに居れば生存そのものは確約だし、食べ物も水も、甘い物だって無限にある。でも、閉鎖空間にずっといるのは、やっぱり気が滅入るし、フィオナだって同じ気持ちのはず。

じゃあ、上に行くほどになにか困ったことがあるのか？　それか、単純に死ぬのが怖くなったとか？　……いや、死ぬのは最初から怖がってたか。

確かにここまでは順調だったとはいえ、次の階層で詰む可能性はある。ここまで無事に来れたのは、1階層ごとにサイコロを振り続けて、常にゾロ目を出してきたようなもの。

たった一回のファンブルで容易《たやす》く全滅する綱渡り。

でも、それも今さらなんだよなぁ。

振り返ると思い詰めたような顔のフィオナと目が合った。

「次で6層目だね。転送碑が、5階層目になかったってことは、次にあるか、それとも10層目までないか……どっちかな？」

「あー、えっと。どうだろ……」

私が転送碑という言葉を発した時に、ビクッとフィオナの肩が揺れた。

視線をさまよわせて、明らかに挙動不審《きょどうふしん》。

どうも転送碑になにかあるようだが、まあ、どのみちそれも転送碑が見つかればわかること。

私は扉を開き階段を上った。

フィオナは時々何かを言いたいような気配を出していたが、言いにくいことなら無理に言う必要はない。

階段は長く、おそらく今までで一番距離があり、私たちは無言で上り続けた。

そして――

「あ、扉がないね」

「本当だ……。なんでかな……」

階段の終わり。上の階層へと到着したが、扉がないのは初めてだ。

魔物が跋扈《ばっこ》する通常階層の可能性もある。

私たちは音を立てないように残りの階段を上り、頭だけ出してその階層を覗き見た。

「……狭い階層……なのかな？　下の階と同じような感じだけど。あそこになんかあるな」

そこにあったのは、最下層――ホームセンターの階にあった、黒い石碑のようなもの。

フィオナの「願い」を叶えた石碑と似たものだった。

「ほら、あれ。フィオナ？」

「あ……あ、あ………」

「どうしたの、フィオナ。なんかヤバいもの？　最下層にあるのと似てるけど、また願いを叶えてくれるやつなのかな」

実は最下層に行かなくても願いを叶えられるとか、普通にありえるかも。

なにせ、普通に攻略しようと思ったらここまでの5層は厳しすぎる。

ていうか、あれが転送碑なんじゃないのか？

「マホ。あれ転送碑だと思う」

固い声でフィオナが言う。

「やっぱそうだよね⁉　なんでよフィオナ！　もっと喜んでよ！」

フィオナのテンションがあまりにも低くて、全然別のものの可能性まで考えちゃったじゃない。

一時はどうなることかと思ったが、私たちは無事に転送碑がある階層まで来ることができたのだ。

フィオナの態度は気になるが、脱出だ脱出！　お天道様が恋しいね！

「この階層、魔物もいないみたいだし入っちゃっても大丈夫かな」

「待って。私、確認してくる」

「そう？　じゃあ頼もうかな」

フィオナが一人で転送碑へと向かう。

そして、石に触れて、なにかを確認。

(ん……なんか俯いてないか？　悪い情報かな)

トボトボと戻ってくるフィオナ。

「どしたの。使えなかったとか？　正規の手順じゃないから、そういうこともあるかなって思ったけど……マジ……？」

「ううん。使えるよ」

「ならよかったじゃん！　はぁ～～いよいよ脱出かぁ。長いようで短かったね」

ここに来てから一ヶ月弱といったところ。

フィオナは私より長くあそこにいたわけだけど、あんまり長くいたら精神おかしくなりそうだし、こんなもんで出られて良かったよ、本当。

「マホ。いっしょに来て」

「ん？　うん」

フィオナは未だに思い詰めた固い顔のまま、脱出できるというのにニコリともしない。

私の手を握る指先が冷たくて、どうやら自分が楽観的に考えすぎているらしいということに気がついた。

フィオナだって、こんな迷宮に閉じ込められて、脱出できることが嬉しくないわけがないのだ。

それなのに、それを表に出せないのなら、つまり、嬉しくない何かがあるということで。


転送碑は、パッと見は黒く艶めいた石碑にすぎないが、フィオナが手を触れると、上のほうにポウッと白く文字が浮かび上がった。

「1と……5……だね。あと一番下に……95⁉」

「マホ、読めるんだね」

「あ〜、そういえばそうだね。なんでだろ？　よく見ると、全然アラビア数字と違う形なのに」

不思議だけど、転移された時にそういう能力が自然に付与されたということなのだろう。

「っていうか、ここって地下95階なの？　めっちゃ深いな！」

よく空気がここまで来ているな。上のほうに巨大な送風機でも取りつけられてるのか？　たぶん距離で言ったら地下1000メートルとかそういうレベルなのでは？

ダンジョン謎すぎるだろ。

「で、これどうやって使うの？　光ってるとこを押す？　言葉で告げる？」

「マホ、聞いて。私………言わなきゃって思ってたのに……言えなくて……」

フィオナは目に涙をいっぱいに溜めて言った。

「これ……マホは使えないんだ……。私……そのことに少し前に気づいて……でも、マホには使えないなんて言えなくて………。途中までは、まだここまで来れるかわかんないからって思ってたけど、でもマホすごくて、本当に転送碑のとこまで来れちゃうって思ってなくて……。ごめん………ごめんね……マホ……」

堰《せき》を切ったように謝罪を口にして、フィオナの目から涙がこぼれる。

ずっと葛藤《かっとう》があったのだろう。

水の階層のあたりから様子が変だったのは、これが理由か。

「……なんで私は使えないの？」

「……転送碑ってね。見つけたら必ず触って自分の魔力を覚えさせなきゃいけないんだ……。私は6層目まで到達してたから、1階と5階へ飛べる。でもマホは……」

「あ〜、なるほどね……。そういうこと」

私はこのダンジョンのどの転送碑にも触っていない。今日の前にあるこれが、最初の一つ目の転送碑だ。それでは第1層へ飛ぶことはできない。エレベーターみたいに好きな階へ飛べるものだと、思い込んでいたけど、そうじゃなかった。それだけのこと。

なんで言ってくんなかったの？　と、フィオナを責める気にはならなかった。

脱出することだけを希望にやってきたわけだし、そりゃ言えないよね。

「あー、だから魔法のバッグを私にくれたのか。残り階層をクリアするには必要だもんな……。95階クリアするころにはゴリマッチョになってそう」

「私、すぐ戻ってくる！　魔石を売って、有名な探索者雇って深層まで探索してもらう！　それに、私、武器とか防具も買ってすぐ戻ってくるから！　そしたら、また二人で攻略してけば……してけば……すぐ……う、うぁあぁぁ～」

いよいよ号泣してしまったフィオナを私は抱きしめた。

別にフィオナが悪いわけじゃないし、フィオナが助かったなら良かったという考え方もできる。

それに残り95層。上に行くほど簡単になるんだし、ここまでなんとかやってこれたんだ。

きっとなんとかなる。

「……やっぱり、私、残る。マホを一人になんてできないもん」

ひとしきり泣いてから、フィオナはそんなことを言った。

優しい子だ。情に流されやすいというか……。助かりたくて、生きたくて最下層で願ったんだから、望み通り助かっておけばいいんだよ。

私はもともとオマケみたいなものなんだから。

「バーカ言ってんじゃないの。ほら、魔石」

魔石は半分ずつ分けることになっており、私のぶんはホームセンターのベッドのあたりに置いてある。別に、使い道もないし全部フィオナにあげてしまってもよかったのだが、固辞されたのだ。

フィオナが言うには、半分でも換金に困るくらいの量なのだという。

いつか、私がここから出られた時のために。

少なくとも、それでフィオナの気が済むのならそれでいいのだ。

「じゃあね、フィオナ」

「私、絶対戻ってくるから……！」

「フィオナ。気にしなくていいんだよ。あなたにはあなたの人生があるんだから、私のことは忘れて自分の人生を生きて。せっかく魔石だってたくさん手に入ったんだしさ」

「バカ！　バカバカバカ！　マホのバカ！　私、絶対絶対絶対帰ってくるもん！　一番高い武器と防具とポーションも山盛り買って帰ってくるから、大人しく待ってなさいよ！」

「なに言ってんのよ。そんなことしたって上にあがるまでに何年かかると思ってんの？　フィオナ、学校だって行きたいって言ってたでしょ？　恋愛だってまだだし、結婚だってするんでしょ？　せっかく助かったんだから、私のことなんて忘れていいの！」

「忘れられるわけない！　忘れられるわけなんて……ないじゃん……」

困ったね、どうも。

私としては、こうなってしまった以上、フィオナには私のことなんて忘れて幸せになってほしいわけだよ。

だって、私につき合ってたら、もし死なずに出られたとしても何年もかかりそうだし、それ以前に途中で死ぬ可能性のほうが圧倒的に高い。

なにせ、残り95層だ。

無理……と簡単に言いたくはないが、難しいだろうことは比較的楽観的な私でも理解できる。

フィオナには、そんなものにつき合わせたくないのだ。

魔石が高く売れるというし、それを結婚資金にでもして幸せになってくれれば、私はもうそれ以上の望みはない。

フィオナはちょっと軽率で心も弱くてご禁制も吸うけど、優しくて、美人で、私にとっては、この世界で最初の友だちなんだから。

「さあさあ。湿っぽくなるばっかだから、行った、行った！　私にはポチもタマもカイザーもアロゥもハムちゃんたちだっているから平気よ」

あの子たちだってダンジョンから出られない仲間だ。

どっちにしろ、置いてけぼりになんてできないもんね。

「あ、でもこれの魔力登録？　ってのは教わっとくかな。触ればいいの？」

「うん……。ここのとこに触れば大丈夫」

「魔力ねぇ。私にもあるのかしら、魔力」

これで、転送碑そのものが使えないってなったら、地獄だよ。

徒歩で100層踏破とかね、いくらアイテム袋があったって死ねるわ。

別に諦めきったわけじゃないけどさぁ。頼むよ、ダンジョンちゃん。

私は期待を込めて、転送碑に触れた。

……が、なにも起こらない。

「ありゃ、ダメかな？　やっぱ魔力がないから？　それとも魔力を通す方法があるの？」

「そっか、マホは魔法を使ったことないから。そんなに難しくないよ、身体の中の力を送り込む感じで」

「むむむむ、身体の中の力ね。こ、こうか……？」

私が、両手に力を込めて、転送碑に力を送り込んだ、その時だった。

転送碑が振動して、階層の数字が出る部分が、パパパパッと明滅を繰り返したのだ。

明らかにフィオナが触った時とは違う挙動だ。

「んぎゃ！　壊れた⁉　やっぱ、地球人には異世界の謎テレポーターは早すぎたんだ！」

「あわわわわ、どうしよ。本当に壊れたかも……」

と思ったら、そのうち転送碑は静かになった。

「な、なんだ……大丈夫だったのか？　どれどれ……………ん？」

転送碑に触ってみると、すべての数字が光った。
1、5、10、15〜〜〜〜〜90、95。さらに１０１まで。
「…………は？」

「ま、マホ……？」

「ねえ、これってどういうことだと思う？　全部……光ってるよね？」

「うん……。た、たぶん……どこでも転移できるって……ことじゃないかな…………？」

なんで？　異世界人の私が触ったからバグった？

「触りながら『1階層へ』って唱えてみて」

「いきなり試しちゃうの……？　バグってて、変なとこに飛ばないだろうな……」

「わかんないよ！　わかんないけど……もう、こうなったら試すしかないじゃん……！」

「それもそうだ」

さっきまで涙の別れをやってたのに、まさかこんなことになるとは。

まあ、でも、バグでもなんでもありがたい。

無事に起動してよ！

「1階層へ！」

そう口に出した次の瞬間。

まるでエレベーターのような浮遊感がして、周囲の景色が溶け、また再構築された。

うまくいった——のか？

今の私は1階層かはわからないが、少なくともさっきとは違う場所にいる。

フィオナもいないし。

「ふ〜む？　ここが1階なのか？　なんか…………すごく空気が軽く感じるな」

そんな感想を漏らしていると、すぐ横にフィオナが現れた。

彼女も、転送碑で転移してきたのだろう。つまり、やっぱりここ1階でいいのか。

「あっ、やったやったやった！　マホ！　やったよ！　わーーーーーー！！！」

フィオナが抱きついてくる。

また泣いてるけど、今度のそれはうれし涙だ。

私はまだ実感が湧かない。

「待って待って、本当にここが1階なの？　他に探索者とかなんにもいないけど」

どうも迷宮入り口らしく、すぐそばに上り階段があるのだが、そんな場所でも人っ子一人いない。

仮にも全101階層もある大迷宮なら、もう少し人がいてもよさそうなものだが。

「このダンジョン、すっごい人気ないから。現役の探索者なんてほとんどいないもん」

まあこの世界におけるダンジョンのこととか全然知らないし、そういうものなのかもしれない。

「そんなことより、マホ！　早く外に出ようよ！」

フィオナが私の手を引く。

「そうだね！　外……！　外か！　一ヶ月ぶりだ！」

「うん！　出られるとなったら、もう早く外に出たくなっちゃった！　さっきまでマホだけ転移できないって泣いてたくせにね！　あはははは！」

「わははは！」

意味もなく笑って、私たちは半分抱き合ったまんま、すぐ手前の階段を上った。

外からのまばゆい光が、階段に差し込んでいる。

蛍光灯より、投光器より、ＬＥＤより、ずっと暖かく眩しい光だ。

迷宮に入り込む少し土臭い暖かな風が頬を撫《な》で、私たちは二段飛ばしで階段を駆け上がった。

第二章

「う、うおおおおおおおおおおおおおお！　外だ！　すごい！　匂《にお》いがある！　風を感じる！　世界が生きてる！」

私は叫《さけ》んで走り回って、地面を転がり、太陽の光を身体《からだ》いっぱいに浴びた。

異世界でも、外は同じだった。

太陽の光も、空の青も、木々《きぎ》の緑も、雲の白さも。

気温もちょうど良い。ダンジョンから出てきた時間も、お昼すぎぐらいだったようだ。太陽はほぼ真上にある。

「フィオナ〜〜〜〜〜〜！　出れたね〜！　街どこ？　近い？　はやく、お肉食べいこ！　魚でもいいぞ！　新鮮な野菜も食べたいね〜？　わは、わはははは！」

「ちょちょちょちょ、そんな一気に言われても困るよ！　でも、確かにお肉は食べたいかも。おにぎりも美味《おい》しかったけどね」

「お米は持ってきてあるから、いつでも炊けるよ〜〜〜。あはははは！　新鮮なオカズでメシが食いたい！」

私は完全にテンションが振り切っていた。

だって、「転送碑使えない、ゴメン」からの、「やっぱり使えたッス」だからねぇ〜。

一度落とされてからの、文字通りの急上昇だよ！　95階分の！

だから、こんなにうれしいことはないんだ。

なにより、なんたって、二人で揃って出られたんだから！

「あ〜、でもよく考えたら私、市民権みたいなのがないんだよねぇ。異世界人だし。街に行くのはさすがにまずい感じ？」

「え？　なんで？」

「なんでって、厳《いか》つい門兵的な人に入り口で止められて『何者だ！　何処《どこ》から来た！　何用で来た！』とか詰《ツ》められるんじゃないの？」

「あ、あ〜。すっごい大きい街ならあるかもだけど、私のとこは大丈夫だよ」

「そうなの？」

ふーむ？　こんなでっかいダンジョンがあるんだし、もうちょい発展してる感じを勝手に想像してたけど、違ったな。

まあ、フィオナも人気がないダンジョンって言ってたけど、「少なめ」とかそういうレベルじゃなくて、そもそも誰《だれ》もいないし、ガチ不人気ってやつなのか。

「それにしても、誰一人いないとはねぇ」

周囲にはいくらかの元々は店屋かなにかだったらしい石造りの建物があるが、どれもこれも無人。

周囲も静かで、そもそも通行人からして一人もいない。

迷宮は地面が盛り上がったところに、石積みで入り口ができていて、フィオナによると、これがいきなり何もないところに出現するものらしい。

「メルクォディア大迷宮は最近……といっても、もう五年も経つけどさ、急にできた迷宮なんだ。それで、久々の新規の迷宮だって最初はワーッと人が来てね。いろいろうちでも頑張《がんば》ったんだけど……魔物も強いし難しいのがわかってからあんまり人気がないので……」

「ふぅん。ようするに旨《うま》みが少ないってわけか」

もっといい迷宮《ところ》が他にいくらでもあるってことなんだろうな。

わざわざ難しいとこ選ぶ必要ないもんな……。なんたって命がかかってるんだし。

周辺になんもないなら尚更《なおさら》。

周囲を見渡すと、もう誰も使っていなそうな建物がそれなりの数あり、かつて屋台みたいなものがあったと思《おぼ》しき廃屋というか小屋があったりして、なんというか廃《すた》れた観光地っぽい。

メインの通りには石畳まで完備していて、頑張った感が逆にもの悲しい。

う〜む。なんとも言えない侘《わび》しさだ。異世界もなかなか世知辛《せちがら》い。

「そもそも、フィオナはなんでこんな人気のないダンジョンに潜《もぐ》ってたの？」

「言ってなかったっけ？　うちの領地にあるのはここだけだし、私、三女でやることもなかったし、お金……稼がなきゃだったから」

「ん？　なんか情報量多い感じの単語がいろいろ出たんだけど？　領地？」

こっちじゃ地元のことを領地と呼ぶのが主流なのかな。

「あ〜、そっか。ごめん。助かるかどうかわかんなかったし、言いそびれてた。うち、いちおう貴族っていうか……このへんの領主の家で」

「どえええええ⁉　そうだったの⁉　バッカ、フィオナ、どうしてそういう大事なことを言わないのよ！」

「だって、言っても仕方なくない？　あの状況じゃ……。それに、探索者としての私はただのフィオナだし」

「んまぁ、言いたいことはわかるけどもね……」

「それにうちってば、本当に貧乏《びんぼう》貴族ってやつだし。私が探索者やってる時点で、ほら。さ」

少なくともブルジョワとかセレブな感じではないってことだけはわかったけど、貴族は貴族なのだろうし、貧乏になるにはよほどの理由があるのではないだろうか。

ちょっと聞いてみたい気もするけど、私だって身の上話とか、フィオナにほとんどしてないもんな……。まあ、そのへんは追々《おいおい》教えてもらえばいいか。

「それじゃあフィオナはお家に戻って生存報告しなきゃだね。私はどっかそのへんで待ってるよ」

「え？　なんで？　いっしょに来てよ！　マホに助けてもらったんだし、お礼だってしたいんだから！」

「お礼なんていらないよ。二人で協力し合って、助かったんだから」

「二人じゃない！　私が助けてもらったの！　私……私がマホを喚《よ》んじゃったんだから」

まあ、それを言われたら確かにその通りなんだが、フィオナも別に私を名指しで喚んだわけでもなく、どちらかというと事故みたいなものだ。

でも、二人で助かったからお礼はなし——と言えるほど割り切った考えもできないのだろう。

「じゃあ、お呼ばれしちゃおうかな。貴族ってお城かなんかに住んでるの？」

「あははは、お城になんか住まないよ。王様じゃないんだから」

「そういうもんか」

中世ファンタジー観が問われるな、これ。

なにせ貴族といってもいろいろ。地球だって詳《くわ》しいことはわからないけど、国や地域や時代によって千差万別《せんさばんべつ》だという。先入観は一度捨てたほうが良さそうだ。

「あ！　貴族ってことはさ、フィオナも名字があるってことじゃん。貴族は名字があるとか最初のころ言ってたよね？」

それで私がフルネームで自己紹介したら、貴族か魔法使いなの？　って聞かれたんだった。

なんだか、すごく昔のことのように感じるわ。

「名字も言ってなかったっけ。まあ名字というか、代々治めてる土地の名前なんだけどさ」

「へぇ、なんていうの？」

「ダーマ」

「ん？　なんて？」

「私の名字でしょ？　フルネームで『フィオナ・ルクス・ダーマ』っていうの」

フィオナの名字は、なんと私といっしょに転移してきたホームセンターの名前と同じだった。

◇◆◆◆◇

「ふぉおおお！　街だ！　人だ！　異世界だ！」

のんびりと風景なんかを楽しみながら二時間程度で、私たちは街へと到着した。

途中でいくつかの農村があったが、ついついあれこれ見て回ってしまって時間がかかった。自転車なら20分くらいだろう。

「あの人が買い食いしてるやつ美味しそう！　あっ！　あっちの建物はなに？　あっちにもなんか店ある！」

「ちょちょちょちょ、マホ、落ち着いて！　恥ずかしいから！」

「いや、あんた。これが興奮せずにいられますかって！」

これが異世界じゃなくて、地球だったとしても興奮してたと思う。

人の営みがある。それがこんなにも嬉しいなんてね！

私はホームセンターが好きだし、あのダンジョンの最下層で、そこまで絶望していたわけじゃないが、それでも、人間はこうして太陽の下で、土の上で生きるのが当たり前なのだ。

その当たり前を目の当たりにして、私の脳が！　細胞が喜んでいる！

「フィオナ、フィオナ！　とりあえずあれ！　あれ食べよう！」

「あれって串焼き？　いいけど、ごはん、私の家で食べるんじゃなかったの？」

「ちょこっとつまむだけだからさ。今の私、たぶんほとんど無限に食べれるし。フィオナだってお腹減ってるでしょう？」

朝に軽く食べてからほとんどなんにも口にしてないからね。なにせ、ドッペル階をクリアしてからそのまんま出てきちゃったから。私よりフィオナのほうが食べるんだから、絶対ハラペコのはず。

「ま、ちょっとならいいか。私も久しぶりに食べたいかも」

そんなわけで、屋台飯を堪能《たんのう》した。

けっこう香ばしくスパイシーな味つけで、なにより新鮮な肉にありつけたのが嬉しい。

フィオナもなんだかんだ言って、感極まるものがあったのか、ちょっと涙ぐんでいる。

「それで、それともフィオナん家《ち》、こっから近いの？」

「すぐそこだけど、考えてみたら着いてもすぐに食事なんて用意できないから、ここで少し食べといて良かったかも」

「近いってことは、ここが領都ってことになる？」

「領都なんて言葉久しぶりに聞いたけど、いちおうそうなるのかな。田舎《いなか》でしょ？」

「ん、まあ……否定はしない」

つっても、他の異世界の街を見たわけじゃないから、どうしても地球ベースの話になるのだけどもね。でも店らしきものはそれほど多くないし、民家が多く、街と農地の境界線も曖昧《あいまい》な感じ。

川の周りにできた集落が、そのまま街になったといった風情。

ただ、ゴミゴミしてなくて綺麗《きれい》な街ではある。屋台飯も美味しいし、私は好きだな。

「先に冒険者ギルドみたいなとこで、生存報告しなくていいの？」

「え？　ギルドのことなんか話したっけ？」

あ、やっぱあるんだ。

「聞いてはないけど、そういうものかな～って」

「うちで運営してる買取所だけね。ギルドって普通は国営の管理局のことを言うけど、うちはまだ入れてないの。まあ、そのあたりは話すと長くなるんだけど」

「へぇ、聞きたい聞きたい」

ギルド周辺の話とか、ちょっと興味ある。

やっぱりギルドが仕事を斡旋《あっせん》したりするのかな？　国を超越した謎の巨大組織！　その実体は！

「迷宮が生まれたら、国王様に報告しなきゃいけない決まりなんだけど、その時に『運営方法』を選ばされるんだ。自分たちで運営して国に規定量の魔石を納めるか、国に運営を委託するか」

国ってことは、ギルドは国営か。国を超越した謎の巨大組織ではなかったか……。

「それで、フィオナのとこは、自分たちで運営してみようってことになったってこと？」

「そう……なんだけどね、これが思ってたよりずっと難しくて。探索者も集まらないし、探索者が集まらなければ国に納めなきゃならない魔石だって手に入らないし」

「な～るほど、なんだか話が見えてきたわね。それで、フィオナが探索者やって少しでも足しにしようとしていたってわけか」

「平たく言えばそうなるかな」

フィオナのとこの国がどれくらい迷宮に関してのノウハウを持っているのかは不明だけど、自領だけでなんとかしようとするのは、存外難しいということなのだろう。

実際、閑古鳥《かんこどり》が鳴いてるわけだしね。

「国に運営を委託するんじゃだめなの？」

「だめ……ではないけど、こっちにはほとんど旨みがないから。運営委託料と、ダンジョン使用料でトントンってとこ。あがりはほとんど国が持ってっちゃう」

「そっかぁ。なら、とりあえず自分たちで頑張ってみようってことになるよねぇ」

フィオナによると、国に委託すると『迷宮管理局』と『ルクヌヴィス寺院』がやってきて、管理局が自前の超強力な探索者パーティーを使っていけるところまで探索して、どういう迷宮なのかをある程度解明し、運営を始めるらしい。

さらに、魔石の買い取りやら冒険者の管理育成なんかもやり、外から探索者を呼び込むことなんかもしてくれたりして、領地の発展という意味では、まったく旨みがないというわけでもないようだ。

ただ、自分たちでやればそれが丸儲《まるもう》けになるというだけで。

「ルクヌヴィス寺院ってのはなんなの？　神様にお祈りでもするわけ？」

「高位の司祭様がいらっしゃって、呪いの解呪《かいじゅ》とか、毒や麻痺《まひ》の回復、あともの凄《すご》く高いけど、蘇生《そせい》なんかもしてもらえるのよ」

「ソセイ。……蘇生？　は？　死んだ人が蘇ったりする、あの蘇生？」

「そうだよ？」

「ＯＨ……異世界……」

いやぁ、外に出て「ほとんど地球と同じじゃん！」なんて浮かれてのがバカみたいだ。死んだ人が生き返っちゃうとかね……。いや、いいよ？　これで私とかフィオナがうっかり死んだとしても、生き返り放題じゃん？　最高！　ほんとか？

「……なんかデメリットがあるんじゃないの？　大丈夫？　蘇生なんて……」

「失敗したら灰になるだけだから。灰からの蘇生にも失敗すると、魂ごと消滅しちゃうけど」

「灰って……」

なんだそりゃ。やっぱり旨い話はなかったか。

やっぱり死なないように気をつけて生きましょう。当たり前だわな。

「あ、寺院はこの街にもあるんだよ？　前に言ったと思うけど、迷宮順化《レベルアップ》がどれくらい進んでるか調べてくれたりするんだ。でも蘇生術まで扱えるような高位の司祭様はいらっしゃらないから……国を介さずダンジョン運営をやる時に、実はここが一番問題になるの。魔物にやられて死んだらそれっきりで、お金があっとしても蘇生できないってことだから」

ダンジョン探索と死はセットみたいなもの。

その保険があるかないかは、確かに大きいだろう。

フィオナによると、多額の寄付金を納めて、さらに立派な寺院の建立《こんりゅう》までやれば、高位の司祭が来てくれるらしい。これは、国に運営委託をした場合もそのお金を国が支払っているだけらしいので、いずれにせよ必要な出費ということになるらしい。

どこの世界も世知辛いね。


「さーて、着いたよ、マホ。ここ私んち」

「こ、ここ？」

ここととフィオナが言った場所は、門だった。門の向こう側にうっすら可愛《かわい》いお屋敷が見えているが、つまりここが全部敷地ってことか。

う～ん。貴族。

私ん家は比較的広い方だったけど、レベルが違うわ。

「これ全部フィオナん家かぁ。こりゃあ、美味い飯が期待できそうね」

「そこは任せて！　私も家で食べるの久しぶりだから、楽しみ。……みんな驚くだろうなぁ」

「完全に死んだと思われてるだろうからね……」

とはいえ、蘇生がある世界だ。そこまで驚かれないか？

いや、この街には高位司祭はいないって言ってたか。

門のところには誰もおらず、勝手に開けて入っていく。まあまあ不用心な感じだが、まあずっと門番を置くというのも金が掛かるだろうからな。

フィオナはお金を稼ぐためにダンジョンに入ってたわけで、門番なんかおけるほど余裕がないということなのかもしれない。

それにしても、広い敷地だ。

家そのものは二階建てで、大きめではあるが可愛い感じ。

屋根材は陶器……つまり瓦《かわら》だ。日本のものみたいに地味な色合いではなく、赤みがかったブラウンで、色味にもムラがあって、そこが逆に良い。

壁も土というか漆喰《しっくい》だろうか。こちらも薄い土色で、癒《いや》される色味だ。

こういう自然派な建物って、現代日本で建てたらかなり高くつくからな。いや、貴族の家だしこっちでも高級な造りなのかもしれないけど。

とはいえ、領地を持っている貴族ということは、つまりこの土地の最高権力者ということなのだろうが、そのわりには普通と言えるのかもしれない。庭というか土地はすごく広くて、この辺りは日本ではあまり見かけることがない様式という気がする。皇居ほどもある——とは言えないが、野球ができるくらいの広さはある。

屋敷の横には厩舎《きゅうしゃ》と、離れというか、別棟の宿舎みたいなものがある。今は誰も居ないが、その前は小さめな運動場のようになっていて、丸太が地面にいくつか突き刺さっている。訓練場かなにかなのだろうか。普通に考えたら領主の屋敷に武力がゼロということもないだろうし、常駐の警備員とか騎士とかそういうのがいるのだろう。

「いや〜フィオナ。すごい敷地広いね。さすが貴族というだけある」

「貴族ったって、昔からこの辺りを任されてるってだけだよ？　戦争ももうずっとないし」

「先祖代々ってやつだね」

そういう事情ならお金にも余裕がありそうだが、なんでそこのお嬢様が探索者をやんなきゃならないほど困窮してしまったのだろう。

意外と貴族って儲からないのかな？

そんなことを話しながら、屋敷へ入ろうとしていると、外で洗濯物を取り込もうとしていた、小さいメイドと目が合った。

メイド服を着ているが、なんというかホントにちっさい。子どもがコスプレしてるみたいにしか見えない。

凄いな。中学生くらいじゃないか？

ポカンとした顔。もちろん、私ではなくフィオナを見ている。

なるほど、これが鳩《はと》が豆鉄砲《まめでっぽう》を食らったような顔というやつか。

「や、ロナ。ただいま」

「ふ、ふ、ふ、ふ、ふふふふ、フィオナ……さま…………？」

「なんとか無事に生きて帰ったよ。ごめんね。心配かけた」

「ふぃ、フィオナさまァ！」

ロナと呼ばれた小さいメイドが駆けてきて、フィオナに抱きついた。

おお、さすがフィオナ愛されてるね。私も鼻が高いよ。……って何目線だ。

その後、メイドが大急ぎで家の中に入って、家の人を呼びに行った。

私はちょっと所在ない感じ。

「……そういえば、私のことはなんて説明するつもりなの？」

「え？　そりゃ命の恩人って」

「いやいやいやいや、そこはまあ百歩譲っていいとして、私、異世界人だよ？　記憶喪失設定でいく？　それとも『東のほうから』でいくか？」

「正直に話せばいいじゃない。どうして嘘《うそ》をつく前提なの？」

「そ……それもそうか……？」

異世界モノの王道を踏襲しなければならないという、謎の強迫観念に襲われていたな……。

フィオナの家族なんだから、正直に話せば良いのだ。それで、なにか不利益が発生することなんて……あるかもしれないが、そんときはそんときよ。

そんな話をしていたら、玄関扉が勢いよく開いて、小さなおじさんと、続いてフィオナに似た美人のマダムが出てきた。

「フィオナァ！　お、おおおおお！　本当にフィオナだ！　よく……よく無事で……！」

「ただいま戻りました。お父様、心配かけちゃってごめんなさい」

あれがフィオナパパ……。

ちいさくて……太ってて……頭もちょっと薄くて……。

すごく優しそうだけど、想像とは違ったな。

ダンディなかっこいい貴族のおじさまというよりは、優しいパパさんという感じ。

フィオナは完全に母親似だわ。

「フィオナ⁉　本当に生きて戻ってきたの⁉　毎日、ルクヌヴィス様にお祈りしていたのを聞いていただけたのね！」

「ありがとうございます。お母様にもご心配をおかけしました」

母親も目尻《めじり》に涙を浮かべて、心底ホッとしたという様子。

フィオナは三女というし、家族関係悪い貴族だったらどうしようかと思ったが、ぜんぜん杞憂《きゆう》だったな。

ファンタジー小説の読みすぎだったわ。

「それで、フィオナ、そちらの方は？」

パパさんがつぶらな瞳でこちらを見る。

「初めまして、マホ・サエキです。お嬢さんとはダンジョン内で出会いまして」

「マホは私の命の恩人なの！　話すと長くなるんだけど」

「おお……！　そうでしたか……！　娘の命を救ってくださり、本当にありがとうございます。お礼などもしなければ……。そ、そうだ、腹が減っているんじゃないかね、イグレイン、食事の用意を！」

「そうですわね、あなた。とびきりのごちそうを用意しなければ。ロナはお客様のお部屋の準備を、ウラとメラは私と食事の支度をするわよ」

「はい！」

「わっかりましたぁ！」

「かしこまりました、奥様」

バタバタとメイドたちが駆けていく。

うーぬ、ハラペコ感が顔に出てただろうか。屋台では本当に軽くつまんだ程度だからなぁ。

それにしても、異世界の貴族メシか……！　完全無欠な異郷なわけだし、どういう料理が出てくるのか不安がないといえば嘘になるが、まあしかし、郷に入れば郷に従え。どんとこいだ。

私だって、フィオナにおかゆやら梅干しやら食べさせたからな。

まあ、屋台のものでも十分に美味しかったし、そんな心配してないけど。


その後、ごはんの用意ができるまで応接間でパパさんに事の顛末《てんまつ》を話した。

パパさんことファーガス伯爵は、私たちの話を驚きを持って受け止めたようだった。

いや、まあそりゃそうだろう。ダンジョンはこの世界に点在しているそうだが、最下層まで攻略されたダンジョンの数は少なく、その上で攻略されたものはすべて低層のものばかり。

全101層もの巨大ダンジョンが攻略されたという話は聞いたことがないとのこと。

パパさんが言うには、一人だけ飛ばされたのも逆にラッキーだったとのこと。なぜなら、最下層にある宝珠に触れ、その恩恵――つまり願いを叶えられる者は「一人」に限られるらしいからだ。

私は二人の話に相づちを打っていただけだが、六人パーティーでダンジョン最下層に到着して、そこで誰が願いを叶えるか。仲違《なかたが》いして殺し合いになった――そんな話すらあるらしい。

まあ、願いを叶える宝珠なんていうくらいだから、それくらいのことは起こるのかも。

「お父様。これが、最下層の魔物の魔石です。これだけあれば返済も足りるのではないですか？」

「フィオナ……。お前は本当に優しい子だ。家督を継げるわけでもないのだし……領地のことなど気を回さなくてもよかったのだぞ？　あのダンジョンのことは、私の迂闊《うかつ》さが招いたことなのだし」

「私はこの街が、土地が、人が好きです。私には戦士としての才能がありましたし、これくらいしかできませんから」

ふ〜む？　突っ込んだ話はフィオナとしてなかったが、迷宮を自前で管理するには魔石を国に献上すればいいという話だったはず。魔石を他所で買って、国に支払うんじゃダメだったのかな？

あんまり発展してる様子もないし、そのお金もなかったってことなのかも。

だからこそ、ダンジョンをちゃんと運営して、領地を発展させたい。そんなとこかな。

「フィオナ、フィオナ。これ、売っちゃえば？」

「バッ……マホは黙っててね。それは売りません」

「そ、そう……？」

フィオナはどうしてもアイテム袋は売りたくないらしい。

まあ、利用価値あるから、売ればいいってもんでもないだろうけど。

っていうか、領地……領地か……。

パパさんはドラゴン魔石を見て驚いている。……いや、これは圧倒されていると言い換えたほうがいいだろうか。

私からすると単なる綺麗な石でしかないけど、こっちの人からするともっと特別なものに見えるのだろう。

実際、価値がめちゃくちゃ高いらしいし、巨大な宝石の原石みたいな感じだろうか。

「素晴らしい魔石だ……。フィオナ、本当にいいのか……？　こう言ってはなんだが、国への貢納分はともかく、返済のほうはこれを渡したとしてもその場しのぎにしかならないだろう。お客様の前でこんな話をするのも何だが……探索者たちも去ってしまい、悪い噂《うわさ》も流されている。もう、立ち行かないところまで来ているんだ」

「お父様……。でも……」

思ったよりシリアスな状況なようだ。

私は領地のアレコレとか全然わからないけど、貴族の娘であるフィオナがダンジョンに潜ってたくらいだし、ヘラヘラ聞いていい話ではないのかもしれない。

「すまない。フィオナの命の恩人の前でする話ではなかったな」

「あー、いえ。フィオナとは友だちですので。なにか困りごとなら、私、たぶん手伝えますけど」

「しかし……。ただでさえ、娘の命を救ってもらっているのに、家の事情であるし」

まあ、そうだな。パパさんも娘が帰ってきた嬉しさで口が滑ったのだろう。

普通は、そういう事情は隠すのだろうし、フィオナが私に言わなかったのも、そう。

でも、もう聞いちゃったしなぁ。どうせやることもないし。

「えっとですね、私はフィオナに『助けてほしい』という願いで呼び出されました。『何を』とはまだ聞いてませんからね。任せてくれれば助けますよ。もちろん、対価とかもいりませんし」

「しかし……その……実はだね」

なんだろうか、モジモジしてとても言いにくそうだ。

貴族というと、もっと堂々として自信満々な人を想像していたが、パパさんは身長もフィオナと同じくらいだし、憔悴《しょうすい》しているというか、肩を落として自信を欠いた様子。

「マホ。私、お金が必要って言ってあったでしょ？　ダンジョンができてからね、うちでお金を出していろいろ揃えたんだ。ダンジョンの前にあった宿屋とか、石畳の街道なんかも」

「あ～、あれね」

誰も使ってなさそうだった建物群のことか……。

「そう。ダンジョンに探索者がたくさん来てくれれば、上手く回るはずだったんだ。でも、思ったようにはいかなくて……」

「借金だけ残ったってこと？」

「まあ……そう」

「借りてる相手は？　返さないとどうなる感じ？」

「……請求が国に行って、お取り潰しになっちゃうと思う」

「お取り潰しって……貴族じゃなくなっちゃうってこと？」

なんでも大商人に債権を出してお金を借りたらしいんだけど、債権はその該当貴族が支払わなかった時に国王に請求できる仕組みなんだって。

もちろん、国王はそうなったら激怒して当該貴族は領地没収。その領地のあがりで債権を回収するということになるのだそうだ。

だから、そうなる前にどうにかしてでもお金を返さなきゃならない。

「もちろん、そうなっちゃ困るから、なんとしてでもお金は作んなきゃなんだけど、けっこう額が大きくて」

「あと、どれくらいあるの？」

さすがに厳密な金額はフィオナは把握していなかったが、パパさんによるともう領地を切り売りするしかないレベルらしい。

しかも、それでも一時しのぎにしかならないため、最終的にはお取り潰しの未来が待っているとか。

なんか、思ったより深刻そうだ。

「お父様はやさしいから、食料なんかは外に流さないし、税の取り立ても厳しくしないの。でも、このままじゃ、本当にお取り潰しになっちゃうかもしれなくて」

「だから、フィオナは魔石が出た時にあんなにはしゃいでたのね」

「私が悪いのだ……。ダンジョンが領地にできたことに浮かれて、返せるかもわからない額を借りてしまったから……」

まあ、確かにパパさんも迂闊ではあったんだろうけど、今さらそんなこと言っても仕方がない。

「とにかく、私に任せてくれればどうにかしますよ。結局、お金の問題なんですよね？」

「しかし……なにができるんだね。こう言ってはなんだが、あの迷宮はもうすでに見放された迷宮だ。しかも、最下層の宝珠はすでに使われたということなのだろう？　そこに、これから人を呼び込むことなど不可能だろう。やはり、あきらめて国に委託してしまったほうが……。委託をすれば、ダンジョン収益で少しずつでも金を返すことぐらいはできるかもしれない」

「ん～。まあ、大丈夫ですよ。大丈夫。多少は時間がかかるかもですが、とりあえずの魔石はあるわけですし、利子分だけでも払っておいてもらえれば。要するに人を呼んでお金が稼げればいいんですよね？」

「ちょ、ちょっとマホ。そんな安請け合いして、迷宮を攻略するのとは違うのよ⁉　さっきも見たでしょ？　もうあのダンジョンには探索者なんてほんのちょっぴりしかいないのよ？」

「わかってるって。どっちかっていうと、迷宮攻略より、迷宮を使って街を繁栄させるほうが楽でしょ」

「なんでマホはそんな自信があるの……？」

だって、ホームセンターの無限在庫があるんだもん。

さらに、転送碑でどの階層にでも飛べる上に、容積重量無視のアイテム袋もある。

あとはまあここに来るまでで、文化レベルもある程度は把握できたからね。

勝ち確だよ、勝ち確。

問題は、怪しくないように事を進めるってとこだけよ。

「楽しくなってきたねぇ、フィオナ！　私にまかせんしゃい！」

「マホって本当に前向きでカッコイイよね。私、見習わなきゃ……」

「ふふ、フィオナとはいっしょに学校行く約束もしてるからねぇ。家の問題なんてチャチャッとクリアしちゃわなきゃね！」

「そっか……学校。約束したもんね。えへへ」

「そういうことよ」

領地を発展させて、ダンジョンにもお客さんを呼び込んで、私とフィオナは学校に行く！

学校がどういうやつかも、どこにあるのかもしれないけど、私もフィオナももう十五歳だ、学校に行く年齢としてはそこそこ年齢がいっているかもしれない。

急がなきゃね。

「パパさんもそれでいいですか？」

「ぱ、パパさん……、いや、本当に手伝ってくださるのなら、私は」

「お父様、お願い。マホは私たちが知らないようなことをたくさん知っているし、道具もたくさんあるから、本当になんとかしてくれるんだって思うの。私、マホを信じてるんだ。だから、お父様も、マホのこと信じてほしいの」

「フィオナがそれほど言うのなら……。うん。お願いできますかな、マホさん」

「まっかせてください。あ、もちろん領主様としていろいろ協力してもらいますよ？　私一人じゃいろいろ限度がありますから」

「もちろんだとも。うちの家の者たちも使ってもらって構わんよ」

普通に考えたら、私みたいな馬の骨に託すなんて選択肢はないはずだが、よほど追い込まれているのだろう。というか、ダメ元かな？　いずれにせよ、無い袖は振れないんだろうし。

人を貸してくれるのは助かる。さすがに人手はどれだけあっても足りなくなるはず。

あとは、領主の名前を使ってアレコレすることもあるだろうし、パパさんの許可が下りたのは大きいんだよね。私個人ではただの小娘（しかも異邦人だ！）にすぎないから、上手くいかないこと多くなるだろうし。


その後、フィオナの家族といっしょにご馳走《ちそう》をいただいた。

一枚板の大きなテーブルに並ぶ、豪華な食事。

お皿は木と陶器。磁器はあんまり流通していないのかも。

コップは陶器で、ガラスではない。飲み物はワインを用意してくれたが、前にフィオナが「ワインは高価でお祝いの席ぐらいでしか飲めない」って言ってたっけ。

死んだと思っていた娘が帰ってきたお祝いだな。

お金の問題を聞いた後だから、この食卓が相当に無理して揃えたものだというのがわかってしまい、少し恐縮だ。お酒くらいホームセンターから持ってきておけば良かったな。

それにしても、美味しそうだ。

肉が焼けた香ばしい匂いが鼻孔をくすぐる。

ヨダレが出てくる！　お腹《なか》が無限に減ってくる！

「……マホ、無理して食べなくてもいいからね？　私も……ちょっと美味しいものを食べすぎちゃってたかも」

「いやいやいや、美味しそうじゃん！　めちゃくちゃ食べるよ、私は」

「本当？　マホの世界の料理とはだいぶ違うと思うけど」

フィオナはホームセンターで保存食やらお菓子《かし》やらばっかり食べて、少し勘違いしているようだ。

私たちだって、普段は新鮮なものを好んで食べているっていうの。

というか、あれだけ地下でいっしょにすごしたんだし、ほとんど味覚が同じだってわかりそうなものだが。

「ほんと、どれも美味しそう！　あ、テーブルマナーとかある？　私、そういう教育受けてないから、ヤバい動きしてても許してね？」

「また、そんなこと言って。マホ、私なんかよりずっとマナーにうるさいじゃん」

ダンジョンで食事をする時に、手洗いをキッチリさせたり、いただきますさせたりしてたからかな？　別にあれはマナーってわけでもないんだけど……まあ、いいか。

なんといっても肉だ。メイドのウラちゃんによると、さっき絞めて捌《さば》いたばかりの肉だという。

塩とハーブをまぶしてオーブンで焼き上げただけのものだが、ダンジョンでは絶対に食べられないものだ。

新鮮野菜のサラダも嬉しい。オリーブオイルに似た油がかかっていて、さすが貴族の食事というやつだ。

「ん〜〜〜〜！　おいひい〜〜〜〜〜！」

「私も久しぶりだから……やっぱり美味しい。そんなに長く迷宮にいたわけじゃないのに、なんか10年ぶりに食べたみたいな感じ」

「死にかけたからねぇ。体感時間めちゃくちゃ長く感じたんじゃない？」

久しぶりに食べる新鮮な食材。

私もフィオナもかなり感動して、ちょっと泣いた。

ホームセンターでは食事には困らないけど、やっぱり保存食みたいなものが主だったから。

甘い物には困らないんだけどねぇ。

その後、一泊だけさせてもらって、次の日の朝。

私は一度、ダンジョンに戻ることにした。

ポチとタマとカイザーとアロゥの世話があるのだ。というか、勢いで出てきてしまったけど、大丈夫だろうか。心配だ。


「では、お世話になりました！　私は一度ダンジョンに戻って、今後の作戦を立てるので」

「じゃあ、ちょっと行ってくるね」

「ん？　フィオナも来るの？」

「え？　そりゃそうでしょ？」

そうかな？　そうかも？

いや、すっごい久しぶりに家に戻れたのだし、家でゆっくりしてくれてていいのよ？

また、あの薄暗いとこに戻る必要なくない？

「マホ、ダンジョンの運営手伝ってくれるんでしょ？　私もいっしょにやるから。っていうか、本当は私たちがやらなきゃならないことだし」

「そう？　まあ、いろいろ見てまわったりもしたいし、フィオナがいっしょなら心強いけどね」

自分なりに勝算もあって、ああ言ったけども、いくつかの懸念はある。

一番悪いのは無限在庫のホームセンターの存在を知られることだろう。今のところ地下１０１階に簡単に行けるのは私とフィオナだけだが、高レベルな冒険者パーティーなら到達できる可能性はある。いや、できると考えたほうがいいだろうか？

私はこの世界の冒険者の強さをよく知らない。ただ、レベルが上がってもそこまで超人的になれるわけではなさそうだし（私もフィオナも、大人の男くらいの力はあるかなって程度）、レッドドラゴンをガチンコで殺せるほど強くなれるとも思えない。

（……でもなぁ。実質95階から下は無害だから素通りできちゃうんだよねぇ）

「ねえ、フィオナ。ダンジョンで儲かってる街ってけっこうある感じなの？」

「あるよ？　このあたりで有名なのは、北にあるメイザーズ迷宮街とか、西のメリージェン大迷宮とか。どっちもダンジョンを中心に街が広がってて、冒険者たちと、冒険者を支える人たちで街がまわってるんだ」

「ダンジョンで得られる資源は？　魔石だけ？」

「魔石が一番だけど、死体を残す魔物から素材が取れたりとか。あとは、宝箱。メイザーズの魔物は素材が人気だし、メリージェンは宝箱が浅層でもよく見つかるって聞いたことあるわね」

「なるほど。探索者はそういうのを換金して生活してるって認識でいいんだよね？」

「うん。素材とか宝箱の中身なんかは売らずに自分で使ったりすることもあるけどね。あ、魔石だけは絶対に売らなきゃならない決まりなんだ」

魔石の買取価格は重さあたりいくらという風にダンジョンごとに決まっていて、我らがメルクォディア大迷宮は、どこよりも高く買い取る設定。それでも、探索者がいないのだから、やはりそれ以外の要素が必要なのだろう。

「魔石は買い取ってどうするの？」

「国王様が全部買い上げてくださるの。だから、差額がこっちの儲けになる感じかな」

「王様が？」

「うん。外国に流れないようにってことらしいけど」

「なるほど、戦略物資ってやつか」

一口で言えば、魔石はエネルギーそのもの。ダンジョンは危険で稼げる炭鉱みたいなものなのだろう。例えば、火を起こすのに使えるというだけでも、まさしく石炭だし、なんならエネルギー比で言ったら灯油みたいな使い方もできる……のかもしれない。

水を発生させたりもできるらしいし、魔石は万能のエネルギー源というわけだ。

「軍事的にも重要なんだろうねぇ。ビーム兵器とか」

「びーむってのが何かはわからないけど、大魔法に使ったりはするみたいね。私は詳しく知らないけど」

「ふむふむ……」

じゃあ、ダンジョンに人を集めるってのは、総合的には国も富むというわけだな。

厳密には国はどうでもよくて、フィオナの領地が良くなってくれればそれでいいんだが、ここが富めば、周囲も必然的に富を甘受することになる。

……まあ、その前に借金返済なわけだけれども。

フィオナと二人ダンジョンまでの道を歩く。

街を抜けて、点在する村を抜けて。まあまあ距離はあるが、馬車なんかを整備したら良い感じかもしれない。なんたって石畳をわざわざ作ったわけだし、これを有効活用しない手はない。

それ以外にもまだまだ未開発の土地がありそうだし、ダンジョンと合わせて領地そのものを富ませたほうがいいだろう。

それにしても、運営……運営か……。

「なんで国は自前か委託か選ばせるんだろうね？　別に、国の決まりってことにして、強引に管理局を入れるようにしても良さそうなのに。フィオナは理由、知ってる？」

「う〜ん？　考えたことなかったけど……封土《ふうど》のことには王様でも簡単には口出しできない決まりだからじゃないかな」

「口出しできないの？　王様の権力って、そんなにない感じ？」

「権力というより、わざわざ配下の封土にまで手間を掛けられないんだと思う。国王様は一人しかいなくてお忙しいわけだし。いよいよ管理能力が欠如してるとなれば、口出ししてくるはずだけど、今のところダンジョン以外は普通に運営できてるから、その心配はないし」

なるほど。ダンジョンでは魔石なんかが採れるわけで、つまり鉱山みたいなもの。

重要な財産ではあるだろうが、だからって「いいもん出たじゃんか。じゃあそれは国が貰うね」なんてのは通るわけがないというわけだ。

それだったら最初から自前で管理しとけという話になるのだし。

別に鉱山やらダンジョンやらでなくても、農地でも漁場でも同じだ。

どれも資源でしかないのだから。

ダンジョンと聞くと、それ以上の何かだと思ってしまうのは、地球から来た非ファンタジー人間のバイアスなのかも。

「ただ、どっちか選ばせるけど生まれたダンジョンを『放置する』という選択肢はないの。それをするなら運営委託に出すのが決まり。ダンジョンはちゃんと管理しなきゃダメだから」

「放置だとまずいってこと？　山賊がアジトとして使ったりとか？」

「違う違う。魔禍濃度が高まりすぎて過負荷《オーバーフロー》状態になると、魔物が外に溢れ出てくるんだ。もしそうなったら大災害だからね。まあ、うちのダンジョンは最下層の魔物もマホが倒しちゃったし、その心配はもうほとんどないと思うけど」

「魔物が外に？　そういえば、外には魔物っていないの？」

「いるけど、ダンジョンみたいにたくさんはいないよ」

通常のモンスターは、地元民に狩られたり、職業戦士に狩られたりと、一応は共存している関係らしい。ダンジョンから溢れ出てくる魔物は数が一度にドバッと出てくるとかで、対策していてもまあまあ被害が出るのだとか。

「……なんか思ったより面倒臭い性質なんだねぇ。ダンジョンって」

「上手く運営できれば、利益も大きいんだけどね。うちのは規模もかなり大きいし」

「ほんとに鉱山みたいなもんなんだな」

日本も昔は炭鉱やら銀山やら金山やらで潜りまくっていたというし、その類だな。

短期間で大金が稼げる代わりに、事故も多くてよく人が死んでたという部分まで似てる。

とすると、それを運営するってことは――

「フィオナ。ダンジョンの運営方針が決まったよ」

「え？　今の話で⁉」

国が運営している迷宮管理局がどういうダンジョン運営をしてるのかは知らないが、私には私のやり方があるはず。そして、現代日本から来た私がやるなら方針は一つだ。

「安全第一！　これを徹底して魔石を掘ります！」

「あ……あんぜん……？　ダンジョンに潜るのに……？」

「いや、そりゃ100％安全ってことはないだろうけど、やれることは多いと思うんだよ。というか、人が死にまくったり、難しくて割に合わないダンジョンなんて今みたいに寂れるだけじゃん？　それより、楽勝で稼げるほうがいいんだよ。それを実現できれば、人だって確実に集まるだろうし」

「そ、そりゃそうできるに越したことないけど……。どうやって？」

「まー、やりかたはこれからまとめるけど、どうにでもなるでしょ。なんたって、うちにはホームセンター様があるんだから」

ただ人を集めるだけなら物量作戦でどうにでもなる。なってしまう。

なにせほとんど無限に炊き出しができて、ほぼ無限に酒を提供できてしまうわけで。

だが、そんなことをしても誰も幸せにはならない。あくまで探索者を集めることが主目的でなきゃダメなのだ。人をダメにするホームセンターになったら意味がない。

やりすぎない程度に、自然に、当たり前の手段で。

地味で、確実で、安定していて、怪しくないラインを見極める必要があるのだ。

「あ、フィオナ。ホームセンターの存在は当然として、私たちが最下層をクリアしちゃったこととか、その周辺のことは全部秘密だからね。クリア済みのダンジョンなんて魅力ガタ落ちだから」

「それはわかってるけど、マホのことはどうしよう？」

「遠い親戚ってことにでもしといて。それか、公にできない子どもって設定にするとか？」

「私の姉妹ってことにする……ってこと？」

貴族の家だし、非嫡出子《ちゃくしゅつし》の一人や二人……ってさすがにそれは問題あるか？

でも、私が「誰」か。というのはある程度は設定を詰めておいたほうがいいと思う。ホームセンターの中のものを把握してるのは私だけだし、フィオナは助手的な立ち位置にならざるを得ないだろうから、嫌でも目立つような気がするし。

「う〜ん、さすがにそれはお父様とお母様に聞いてみないと……かな？　あ、でも、そうするとマホが私の妹になるんだよね。妹かぁ」

「え？　私のほうがお姉さんじゃない？」

「まさかぁ。マホのほうが全然ちっさいし」

「サイズ関係ある？　この場合」

つーか、今、どこ見て言った？

日本人は平均が小さめなんだよ！　私は平均！　平均です！


そうこうしている内にダンジョンへと到着した。

入り口はけっこう大きく、地下へ続く階段の感じは、なんとなく地下鉄の入り口を連想させる。まあ、サイズはもっと大きいが。

1階の転送碑は、入ってすぐにある親切仕様で、前回のが一度きりのバグということもなく普通に私はどの階層にも飛べるようだった。

ホームセンターがある101層へ直通ジャンプが可能だが、フィオナはなぜか101階へは飛ぶことができない。101の文字が点灯していないのだ。

「あ、そういえば。思い出した」

「どしたの」

「管理局にダンジョンを委託にしちゃうと、登録探索者は全員どこまで転送碑を有効化したかを管理局に知られちゃうんだった」

「そうなの？　どうやって？　書面で提出とかならごまかせそうだけど」

「どこのダンジョンも第1層の転送碑のとこに管理官がいて、どのパーティーが何階層へ移動したか記録を取ってるんだ。場合によっては救助隊を出したりすることもあるからって説明だったけど、あれって、探索者の管理のためだったんだろうね。当時は、あんま考えたことなかったけど」

フィオナは、ここの迷宮に潜る前に少しだけ近くのダンジョンで探索者をやっていたことがあるのだそうだ。近くといっても領外だからまあまあな距離のような気もするが、なんでも戦闘の才能がある人間は稀《まれ》で、その研修だったとか。

「じゃあ、もしここを管理官が見張るようになっちゃったら、面倒臭いねぇ。私なんて全階層コンプリートだもんな……」

「さすがに、そんな探索者ほとんどいないだろうし、管理局がどういう行動に出るのか私もちょっとわかんない」

「他のダンジョンも下手したら同じ現象起こるかもだしねぇ。こりゃ気をつけなきゃだね」

まあ、今のとこ他のダンジョンへ視察に行く予定はない。

だが、気には留めておいたほうが良さそうだ。

◇◆◆◆◇

フィオナと地下95階まで転移。

そこからホームセンターのある階層である地下１０１階まで降りていくのだ。

「さ～て、ポチたちは元気にやってるかな？」

「うん……っていうか、なんか聞こえない？」

ここは95階。他の誰かなんているはずもない……が、確かに何かが聞こえる。

猛烈な速度で何者かが階段を駆け上がるような音が――

「やっと帰ってきた！　ご主人～～～！」

「わー、撫《な》でて撫でて。ゴロニャ～ン」

「ガァ」

すごい勢いで階段を駆け上がってきたのは、三匹の……デカい……魔物？

あっけに取られる私たちにぶつかるようにしてまとわりついてくる。

っていうか、ご主人様って言った？

「ちょ、ちょ、ちょ、ちょい待ち。君らは誰だ？　ほら、フィオナなんて、驚きすぎて固まっちゃったじゃん」

「えー、ご主人、私たちのことがわからないんですか？」

「ニャ～ン？」

「ガァ」

いや、わかるよ。わかってしまうというか。気配というか感じでわかる。

この子たち、ポチ（秋田犬）とタマ（ベンガル猫）とカイザー（フトアゴヒゲトカゲ）だ。

「いやいやいや、君たちなんでそんな姿に？　ファンタジー世界といったって、ファンタジーがすぎるよ？」

なにせ、今の彼らの姿は人間なんか丸呑みにしてしまうような巨大さであり、言ってみれば巨大魔獣とか言われちゃうようなサイズなのである。

ポチもタマも、ライオンはおろか、ホッキョクグマより大きいし、カイザーもちょっとしたドラゴンだ。

少なくとも、私たちがダンジョンから出るまでは、可愛らしいワンちゃん、ネコちゃん、トカゲちゃんだったのに。

なぜだ！　いや、今の姿が可愛くないわけじゃないけど！　ビックリするでしょうが！

「ご主人の石を食べたの」

「え？」

「お布団《ふとん》のとこに置いてあったやつ」

「ま、魔石のこと……？」

ドラゴン、水竜、ドッペルゲンガーから出た魔石。私の取り分として、フィオナがくれたやつは、布団の近くで眺めたりしてそのまま置いてはあったが、まさか食べるなんて思いもしない。

「なんでそんなもの食べようって？」

「わかったから。それを食べればもっと強く賢く大きく丈夫になれるって」

「そ、そう……なんだ」

わかったなら仕方ない。

仕方ない……のか？　いや、まあ、この子たち自身がそれを望んだ結果ならＯＫでしょ。

「フィオナ、知ってた？　魔石にそんな効果があるって」

「………………」

ベロベロとポチに頬を舐められて、完全に固まったままのフィオナ。

しばらくダメそうだ。

「まあでも、魔石でこんなことになるなら、外にも似たのがいても不思議じゃないしねぇ。地球の動物から異世界動物へのジョブチェンジってことなのかなぁ……」

てことは、私も魔石を食べると超人になれるのか？　いや、この場合魔人か？

身長10倍、体重１０００倍。魔人どころか魔神だよ。

絶対やめとこ……。

「それにしても、すごいね。ていうか、カイザーはケージに入ってたはずだし、石なんて与えてないけど」

「はーいはいはい！　私があげました。あ、アロゥにも」

元気に右手を上げてそんなことを言うポチ。かわいい。

ちなみにポチはメスだ。テキトーに名前をつけすぎたな。

「アロゥはどうなったの？」

「おっきくなっちゃったから、そこのプールに移したの」

「そこのプール？」

ポチが指というか、手で指し示したのは階段。

階段の先にプールなんかあったっけ？

「おっきい湖みたいになってるとこ」

「あ、あ〜、水竜がいたとこね。水質とか大丈夫だったの？」

「全然平気だって。むしろ、水槽の水よりずっと綺麗で元気が出てくるって言ってたワン」

地下水みたいなもんだからか？　いや、魔石を食べて魔物的なものに進化（？）したから、水質なんかでへこたれたりしないのかも。

「それに、あの水は魔力を秘めてる特別製なんだワン」

魔力を秘めたダンジョン水か。

水質検査キットで調べてみてもいいかもな。まあ、ホームセンターに売るほど水はあるし、わざわざあの水を何かに使う必要はないかもだけど。

「とにかく、これでずっとご主人といっしょにいられるね！　ワォン！」

「私もお供するニャ〜ン」

「ガァ」

三匹が私にまとわりついてくる。

すごい圧力、質量だ。

なんたって、とにかく三匹ともデカい。三……匹っていうか、三頭って感じ。

なんだろうな、これ。魔石を食べて魔獣になったってことなのか？

おっきい犬の魔物ってなにがいたっけ？　オルトロスとか？

じゃあタマは……大きい猫の魔物なんていたっけ？　知らないな。

カイザーはドラゴンというか、単純にデカいトカゲというか。

ガァとしかしゃべれないのは、元の知能の差だろうか？

ちなみにフィオナはまだ固まったままだ。

おーい。そろそろ起動したまえ。

「えいっ！」

私がチョップを繰り出すと、ようやくフィオナは再起動した。

「ま、まままま、魔物！　魔物がしゃべってる‼」

「魔物じゃないワン」「ニャン」「ガァ」

ふ～む？　フィオナの反応からすると、この世界にはしゃべる動物というのはいないってことなのかな？　私は「まぁ、ファンタジー世界だからな」と受け入れちゃったが、意外とフィオナのほうが驚いてるまである。

「ドラゴンやらドッペルゲンガーまで出現する世界で、そんな驚くことある？　ポチもタマもカイザーもちょっと姿は変わったけど、それだけのことよ」

「そ、それだけって……。マホの世界ではよくあることなの……？」

「いや、皆無だけど」

こんなデカいイヌネコトカゲがいてたまるか。

◇◆◆◆◇

「あ、ああー！　ご主人様！　私です！　私です！　アロゥです！　ご主人様ァ！」

ザバァ！　と水面から顔を出す黄金の魚。

アロワナのアロゥ（まもののすがた）だ。

しかし、デカい。例の水竜と同じくらいのサイズじゃない？

「アロゥもおっきくなったねぇ。君くらいのサイズのアロワナ、地球だったら末端価格1億は下るまいよ」

しかもドルでな！

「まったんです？」

「いや、こっちの話。君は魚なのにしゃべれるんだね。カイザーはしゃべれないのに」

「しゃべれますガァ」

しゃべれるんかい！　寡黙なだけだったか。

「……っていうか、君たち食べ物大丈夫なの？　ホームセンターに無限在庫があるからなんとかなるだろうけど」

フード……犬用とネコ用はまあまあ大きい袋で売ってるからいいけど、カイザーとアロゥはちょっと難しいかも。特にアロゥ。ブタ一頭を毎日食べるとか、そういうレベルじゃないのこれ。

「う〜ん。そういえばお腹が減らないワン」

「みんなも？」

それぞれがコクコクと頷く。

どうやら食べなくてもいいらしい。食欲の権化と言ってもいい秋田犬のポチが空腹にならないというくらいだから、本当のことだろう。

なぜか。サイズも異常にでかいわけだし、魔物化したと考えるのが自然。そして、魔物たちは特になにかを食べているわけではない。

となると、「魔物は食事を必要としない」ということになる……のか？　う〜ん。

「フィオナ、どう思う？　そのうちお腹が減ってくるのかな」

「わ、わかんない……。突然、心まで魔物になって食べられちゃったりしない……？」

「そうなったらホラーだねぇ」

どうにもフィオナはビビりだな。

ポチたちがちっさいサイズのころは、普通に接してたくせに。

日本だったらこんなデカい動物がいたら大人気で町おこしに使われるレベルだぞ。


私たちは、そのまま最下層のホームセンターにまで向かった。

アロゥはさすがにそのまま残したが、エサが必要じゃないならひとまず心配はいらないだろう。

水槽飼育なら酸素供給用のブクが必須だが、普通にしゃべるくらいだしエラ呼吸かどうかすら怪しいし、必要そうだったら浄化槽用のエアーポンプを設置すればいい。

「さて、まずはフィオナは最下層ワープポイントの活性化をしておこうか。やっぱ、あの石碑《せきひ》がそのまんま転送碑だったってことでしょ？　実は最初からあそこから地上に戻れたんじゃない？」

普通に考えたら、最下層から地上に戻んなきゃならないわけで、5階層も上に戻らせる不親切設計にする意味がない。実際、今は転送碑として使えるらしいわけだしどうなのよ。

「そんなわけない！　私、何度も試したもん！　マホだっていっしょに見たじゃん」

「ごめんごめん。さすがに試すわよねぇ」

もしかしたら、全部の階層を起動することで、最後のオマケとして起動する仕組みなのかもしれない。私がバグらせて全部開いたことで、こいつも使えるようになったとか？

「まあ、どっちにしろフィオナも使えるようにしといて」

「う、うん」

フィオナが転送碑に触れると、表面にポウッと転移可能な階層の数字が浮かび上がった。

どうやら問題なく101階層へのジャンプもできるようになったようだ。

「それでさ、フィオナ。確認なんだけど、このダンジョンはフィオナの家の領地にあるから、フィオナの家で管理運営をしていきたい。でも、全然うまくいってなくて、国に納める最低限の魔石も発掘できていないし、借金の返済もあって厳しい……ってことでいい？」

「えっと、簡単に言えばそうなるかな」

「それって、お金で探索者を雇うんじゃダメなの？」

私は探索者のことをよく知らない。

さしあたり、ホームセンターの物品を使ってある程度のお金を得て、そのお金で探索者パーティーを雇って、適当に攻略しといてもらうというのは、一つの手ではある。

いずれにせよ、ダンジョン内部の情報も欲しいわけだし。

「人気のダンジョンで潜っている人は、わざわざ新しいとこには来てくれないんだ。ほら、ここじゃあ娯楽もないしさ。ものすごくたくさんお金を払えば別だろうけど、それじゃ結局赤字だし、今はもうそんなお金もないから」

「寺院もなくて蘇生もできないわけだしねぇ。そっか」

旨みナシのダンジョンは、金にモノを言わせた作戦すら取りづらいというわけね。

一度、不人気スパイラルに入り込んでしまうと、探索者はいなくなるし、周辺の産業も伸びないわけで、ズルズルと悪いほうへ悪いほうへとはまり込んでしまうというわけだ。

スタートダッシュに失敗した企業の末路という感じだ。

とはいえ、結局は「未知」であることが、不人気を助長しているわけで。

魔物が強いのも、人が集まり人気になることで、攻略法が見出されればなんとかなるはず。

「フィオナ。現状、どこが一番改善しなきゃならない問題かわかる？」

「一番？　そりゃやっぱり探索者がいないってことじゃないの？」

「それは目的だね。探索者が増えれば魔石は手に入るわけだし。問題は、そこに至っていない理由なんだけど」

「あ～、メルクォディア大迷宮は難しすぎるってこと？」

「正解。そこが一番だね」

命が懸かってる上に、難しくて稼げない。その上、なんとか寺院もないから蘇生もできない。

そりゃ、誰だってそんなとこに潜りたくはない。ここが世界で唯一無二の迷宮ならともかく、他にもそれなりにダンジョンはある上に、どこだって探索者を募集してるのだ。

「つまりね、ダンジョンを上手く運営してくってのは、経営みたいなものなんだよ」

「経営？　それじゃまるで探索者がお客さんみたいじゃない」

「探索者は客よ？　ダンジョン攻略に夢中になってもらって、ズルズルと奥へ奥へと入り込んでいってもらわなきゃダメなわけ。現時点では入り口あたりだけ見て『ダメだこりゃ』って見切りをつけられてる状況なわけでしょ？　まずそこから改善していかなきゃね」

まあ、さすがに客というと語弊があるかもだけど、似たようなものだ。

彼らがたくさん稼いでお金を落としてくれれば、領地も潤うわけだから、まさに金の卵を生む鶏《とり》である。

おそらくだが、迷宮管理局はそのことがよくわかっているのだろう。だから、簡単にはノウハウを教えないし、委託という手段をとり、自分たちで儲けを半独占状態にしているのだ。

「そういえば、ここの悪い噂が流れてるって言ってったっけ？」

「うん……。ここにいた探索者たちが他のダンジョンに行って吹聴してるとかって。私が前にいっしょにやってた子たちも、ここは大変だから他に移動したいって言ってたし」

「そういえば、フィオナはパーティー組んでたのか。その子たちとは？」

「私が転移の罠に引っかかったってこと買い取り所で報告はしてくれたみたいだけど、それっきり。どっか他でやってるんじゃないかな」

「ふ～ん。仲良くなかったの？」

「どうかな。私、必死だったし……けっこう無茶なこと言ってたから」

フィオナは貴族だから、気も使ったんだろうしなぁ。まあ、仕方が無いだろうな。そこは。

とにかく探索者はダンジョンごとで取り合いだ。

最終的な結果……というかあがりがどのダンジョンでも同じであるなら、より楽に安全に稼げるところに人が集まるのは道理。

メルクォディアも最初は大金を使って投資したみたいだし、そこまでは良かったんだろうけど、今となっては、閑古鳥。

つまり金の掛け所が悪かったんだな。モテようとして本体に手を掛けず服飾だけ頑張った感じというか。

「とにかく、すぐに大人気ダンジョンにするのは無理だろうけど、どっちにしろなんとかなるでしょ」

「でも、マホ。そんなに時間ない……かも。返済だってそこまで待ってもらえないし……。十年とかだとさすがに……」

「じゅう!?　そんなかかるわけないでしょ」

「じゃあ、どれくらい？　五年くらい？」

う〜む。フィオナはホームセンター様の威力がよくわかっていないんだな。

問題は探索者を呼び込めるかどうかだけで、しかも実はそれが現役の探索者でなくてもいいんだよね。うちで探索者として育てていけばいいんだから。

しかも、フィオナは領主の娘で、父親《パパ》の領主様《さん》が協力してくれるのが確定しているわけで、そんなにチンタラやっちゃいられない。

借金返済は元より、王様への上納金だか貢納金だか知らないけど、それだって支払わなきゃだし。正直、ドラゴンの魔石を出すのはちょっともったいないような気もしてきたわけで。

「長く見積もって、一年かな」

「い、え？　いちねん？」

「そう。一年でここを世界一のダンジョンにしよう。私とフィオナで」

フィオナは、両目をパチクリさせてあんまりわかってないみたいだけど、学校に行くって約束してんのに、そんな何年もやっちゃいらんないからね。

一年で完全に目処《めど》を立てて、十六歳で学校に入学するんだよ！

なんの学校なのかは未だにわかってないけどね！

◇◆◆◆◇

「さ～て、まずはダンジョンのことを知らなきゃどうにもなんないから、普通に探索しよっか。フィオナは6層まで至ってたんだっけ？　それってどれくらいのレベル？」

「余所《よそ》のダンジョンのことあんまり知らないけど、中堅より少し上くらいだと思う」

「なるほど、とするとこっちで20層くらいまでは把握しといたほうがいいかな」

「把握って？」

「いや、こっちはこのダンジョンに人を呼び込んで儲けようとしてるわけだよ。なら、ここのことは誰よりも知ってなきゃダメなんじゃない？」

フィオナはここを運営せず、ただ探索者として潜っていた。パチンコ屋の店員がひたすらパチンコ打ってるような感じだろうか。そりゃ儲かりませんわよ。

「そういえば、地図とかは？」

「地図？　前のパーティーでは後衛の子が描いてたかな」

「描いてた？　ギルドで配ったりは？」

「してないけど」

「1層とか2層のものも？」

「ダンジョンは自分で潜って構造を明らかにしていくものだよ？　あとは、ちゃんと頭で記憶したりとかして」

「ＯＨ……」

不親切にもほどがある。下層の地図がないなら仕方が無いが、上層すら地図もなしに潜らせるなんて。

「フィオナ。じゃあ、最初は詳細地図の作成からだよ。あとは攻略情報。魔物や罠の種類。魔物の倒し方、注意点。あとは、パーティーとしての立ち回りとか……まあ、いろいろ必要だね」

「え、ええ……？　そんなこと必要……？　探索者は自力でダンジョンに潜って魔物を倒して経験を積んで強くなっていくものなんだよ？」

「そんなスパルタ式じゃあ人は集まらないんだよ、フィオナ。みんな本質的には楽に安全に稼ぎたいんだから」

もちろん、金だけじゃなくて経験値的なものでも同じだ。

楽して強くなりたい。もっと儲けたい。人生をより良いものにしたい……。

誰だってそう。探索者をやるような人なら尚更だ。

より稼ぎたい人がリスクをとって適正レベルより下の階層に自己責任で行くのならいいよ？　でも、第1層からハイリスクってのは、そもそも探索者を拒絶してるのと同じこと。少なくとも五層くらいまで誰でもなんとか潜っていられるレベルに調整したい。

「でもマホ、地図作るのはいいけど、私とマホだけで探索して地図作るの？　けっこう大変だと思うけど……」

「そこなんだよなぁ。最下層の魔物とか倒してるわけだし、実はかなり強くなってて上層の魔物なら楽勝ってならない？」

「ど……どうだろ……。5層くらいまでなら問題ないだろうけど……う～ん」

フィオナ的にも難しそうということらしい。

確かに、ガチ冒険して地図を作るのはそれなりに時間掛かりそうなんだよなぁ。

やっぱ人を雇うか？

「ワンワン！　我々がオトモするから大丈夫だワン！」

「おっと、確かに君らが居てくれたら頼もしいけど、転送碑がねぇ。これなんだけど、使える？使えたとしても、上の階層に行けないことには――」

私がそんなことを言っている間に、ポチが転送碑に肉球をタシッと置くと、私の時と同じようにパパパパパッと明滅して、全点灯するではないか。

ポチだけでなく、タマもカイザーまで同じ結果。

どうやら、地球産の生き物が使うと転送碑はバグるらしい。

「これでいっしょに行けそうなんですか？　ご主人？」

「いけるいける！　じゃあ、みんなでまず1階層の地図作りといこう！」

◇◆◆◆◇

俺の名前はアレス。

いちおう探索者だ。

村の近くにダンジョンが突然できてから、一端《いっぱし》の探索者を目指してこのメルクォディア大迷宮に潜っているんだけど、新しい階層にも挑めず、ギリギリ食っていけるくらいの収入にもならない。

だから、こうして農閑期にだけ潜っているような有様だ。

最初のころは良かった。

いっしょに探索する仲間も簡単に見つけられたし、余所の土地から来た探索者から教わることも多かった。

でも、そんな探索者たちも、一人減り、二人減り。最近はもうすっかり誰もいなくなっちまって、ちゃんとした前衛のいない俺たちは第2層にすら潜れずにいる。

今日も、朝から1層でスライム狩りだ。

「せめて魔石が出ればなぁ。1階に出る魔物はスライムだけだし……」

「そんなこと言ってもしかたないでしょ？　私たちは、魔法の契約ができたからまだいいほうなのよ？　純戦士だけだとスライム相手でもそれなりに苦戦するんだから」

「でもよぉ」

小うるさいのは俺の幼馴染《おさななじ》みのティナだ。

でも、ティナの言う通り、スライムは火魔法が使えないと倒せない。

剣や棍棒《こんぼう》でも倒せなくはないらしいけど、戦士の加護を持たない俺やティナの力じゃ無理だ。そもそも、ろくな武器がない。

鉄製の剣や槍《やり》なんて、三ヶ月の生活費を出しても中古が買えるかどうかというところ。

「先輩たちがいた頃に、頼み込んで中古を譲ってもらっとけばよかったんだよなぁ」

「今さらそんなこと言っても仕方ないでしょ！」

昔は、俺たちみたいな駆け出しもたくさんいた。

俺とティナが潜り始めたのは、十一歳のころで、あっちこっちの村から仕事のない三男坊とか三女とかが、一攫千金《いっかくせんきん》を夢見てこのダンジョンに集まっていたらしい。

みんなお金なんかないから、武器なんてそのへんで拾ってきた木の棒とか、マシな奴でもナイフくらいのもの。今にして思えば無謀なんだけど、ダンジョンに夢を見ていたんだな。

ここのダンジョンは、管理局というのが入っていないとかで、運が良ければかなり稼げるはずだって先輩たちは言ってたっけ。

でも、現実は違った。

優しかった先輩たちも魔物にやられ、罠にひっかかり、ひとりふたりと数を減らしていった。

俺たちと歳の近い駆け出しの奴らも、無謀な探索で全滅したり、腕や脚を失って村に戻ったりした。

俺とティナが今でもやれているのは、運が良かったからだ。俺もティナも後衛で火魔法が使えたから、1層で安全に狩りができた。でも2層には向かないから、基本的に1層専門。

当時、いろいろ教えてくれた先輩が、強くなるまではひたすら魔物を狩って修行したほうがいいと教えてくれて、俺たちはそれを守り続けていたのだ。

さすがに三年も続けているから、俺もティナも迷宮順化《レベルアップ》が進んで、強くなっていると思う。

使える魔法も増えている……はずだけど、お布施《ふせ》が払えないから、自分がどの位階《レベル》に到達してるのかは、まだよくわからない。

何度か成長痛はあったから、強くなっているのは間違いないと思うんだけど……。

「アレス！　あそこにスライムいるよ！」

「お、よっしゃ。『炎よ！　我が呼び声に応え、槍となれ！』」

力ある言葉により、炎の槍が飛び出しスライムを蒸発させる。

1層ははっきり言って楽勝だ。

炎の槍は等級で言うと二つ目の攻撃魔法だし、小火球とは比べものにならない威力を誇る。

「ふぇぇ、アレス。すごいわね。また少し魔法の威力上がったんじゃない？」

「炎の槍にも慣れてきたからな。これなら、2階層に行ってもなんとかなるんじゃないか？」

「前衛なしじゃ、魔物が三体出てきたらそこで終わりだけど？　それでも行く？」

「ごめん。やっぱなしで」

結局、魔法使い二人じゃどうにもならないのだ。

このダンジョンは1階層にスライムしかでないことで、なんとか稼げているというだけで。

「ねえ、アレス……やっぱ他のダンジョンに行く？　私たち悪くない線いっていると思うんだよ」

「そりゃ俺だって、いつまでもスライム狩りだけしててもとは思うけどさ、魔法使いを二人も仲間に入れてくれるパーティーなんてあるのか？　それに……ここなら家から通えるからなんとかなってるけど、他のダンジョンに行ったら住むところも見つけなきゃだし、家賃だって掛かるんだぞ？　それに食べ物だって高いらしいし……」

「でも、ずっとここにいてもさ……」

これからの暮らしのことを考えたら、どこかで決断しなきゃならない。

2層に降りるか、それとも別の迷宮街でちゃんとしたパーティーを組むか。

家が忙しい時には、畑を手伝ってるけど、それだけで家に置いてもらうわけにはいかない。

「せめて、前衛がいればね……。アレス、今からでも前衛やってみる？」

「おっ、おれ⁉　戦士の加護もないのに無理だって……。なにより、装備を買う金がないよ」

「だよねぇ。アレス……やっぱ、別の迷宮街行こうよ。二人で2層はどのみち無理なんだし、それしかないもん。私だって……将来のこととか考えると、このままじゃダメだって思うし。二人で頑張れば、きっとなんとかなるって思うし。ね？」

思い詰めたようなティナの顔。

俺だって、このままじゃダメだってことくらいわかっている。

でも、迷宮街で俺たちみたいな駆け出しに毛が生えたようなのが通用するのか不安もあるのだ。

悪い探索者に騙されて囮《おとり》にされて死ぬ駆け出しも多いって、前に先輩探索者から聞いたこともある。

ただ、ちゃんと管理されたダンジョンはここみたいに不案内ではないらしい。

蘇生まで行える寺院があったり、武器防具が安く売られていたり、ギルドもちゃんと仕事をしていて、戻ってこない探索者が居れば、捜索隊が組まれることすらあるという話だ。

はっきり言って、ここ――メルクォディア大迷宮は終わったダンジョンだ。

散発的に新しい探索者希望がやってくることはあるけれど、みんな1層でスライムに食われるか、2層に潜って帰ってこないかのどちらか。

俺たちだって、ここに居続ければいずれそうなる運命なのかもしれない。

「……親に話してみるか。うちはむしろ喜ぶと思うけど」

「私も話してみる」

俺もティナも、いつまでも実家にはいられない。

いつかは決断しなくてはならないこと。

それが今日だった。それだけのことだ。

このダンジョンができた頃は夢を見ることができた。

強くなって、稼いで、うまいもんを食って、自分の家だって建てられる。そんな夢を。

でも現実は、探索者なんて自分たちを含めてもう一〜二組しかいないダンジョンで、その日暮らしにも事欠く収入のために、潜り続けるだけの毎日だ。

将来の不安を吹き飛ばすように、ティナが景気よく魔法を使い、スライムを蒸発させた。

午前中からダンジョンに入り、全部で10匹くらいスライムを倒しただろうか。

そろそろ魔力も限界に近い。

「今日はそろそろ上がるか。魔石は出なかったけど、スライムジェムが二つ出たし、飯代くらいにはなるだろ」

「あ〜、なんで探索者ってこんな稼げないんだろ……？　そりゃ、みんなやめちゃうよね」

「ちゃんとパーティー組んで6層まで行ければ稼げるらしいけどな。ここでも」

「それ言ってたフィオナさんだって死んじゃったじゃん」

「そうなんだよな……」

フィオナさんは、俺たちにも良くしてくれていた一つ上の探索者で、魔法戦士の適性があり、俺たちにとっては憧れの人だったが、少し前に宝箱のトラップに引っかかり帰らぬ人となった。

このダンジョンでは唯一まともに稼働していたパーティーだっただけに、その衝撃は大きく、実際宿屋のオバさんも、雑貨屋のオジさんも、もう店を畳むと言い出したのはそのころだ。

今じゃ、ダンジョン前の商店で残ってるのは偏屈《へんくつ》な鍛冶《かじ》屋の爺《じい》さんの店だけだ。

第1層ではスライムが突然飛び出してくることがあるため、帰り道でもちゃんと索敵が必要。

出会い頭でスライムに取りつかれて窒息死した探索者なんて、何度も見た。

「今日はスライムあんまりいないけど、誰か他に探索者がいたのかな?」

「俺たち以外に1層で狩りしてる奴なんていないだろ?」

「でも……なんかいつもと違わない?」

ティナの言葉に、背中が冷たくなる。

ダンジョンでは異変に鈍感な奴から死んでいくって先輩探索者もよく言っていた。

「……どうする……?」

「どうもこうも、今日はけっこう奥まで来ちゃってるし、いつも通りに出るしか――」

その時だった。

遠く、ウォオンという地響きめいた獣の鳴き声が耳朶《じだ》を打った。

散発的にドン、ドンと何かが弾《はじ》けるような音。

「な、なんだ……？」

「も、もしかして迷宮崩壊ってやつなんじゃ……？　探索者がいないダンジョンは、魔物が下層から外に溢れ出すって」

「でも、ここは生まれてそんなに経ってないから、まだまだ大丈夫だって――」

口論している間にも、音はこちらに近づいてきていた。

複数の魔物の足音が確かに、こちらに――

「……あ」

その吐息《といき》めいた言葉を発したのは俺か、それともティナだったのか。

通路を曲がって現れたのは、四足歩行の巨大な犬のような魔物だった。

それに続いて、猫のような姿の魔獣。さらに、その後ろには、大蜥蜴《とかげ》――いや、あれは伝説で聞くドラゴンという魔物だろう。

（終わった――）

隣でドサッという音。ティナが腰を抜かして地面に尻餅をついている。

魔法は……無理をすればあと二発ぐらいなんとかなるだろうか。ティナの援護は期待できない。

逃げるのも無理だ。

それを考えている間にも、三頭の魔物は気楽な様子でこちらへと向かってきた。

デカい。

到底、人間が敵《かな》うサイズじゃない。

下層にはこんな魔物がいるのか。こんなことなら、さっさと別の迷宮街に行けば良かった。

抵抗する勇気すら失ってただボンヤリと巨大な魔物を見上げる。

魔物は、不思議と攻撃をせず、後ろを振り返ったり、こっちを見たり、謎の動きをしている。

すぐには殺さずもてあそぶつもりなのだろうか。

クソッ！　ただ殺されるなんてごめんだ。せめて、一発だけでも食らわせてやる。

勇気を振り絞って、魔力を高め、呪文《じゅもん》を紡ごうとした次の瞬間。

人間の声がした。

「ん～、どうしたの？　誰かいた？」

「あれ～アレスくんとティナちゃんじゃない。今日も探索？」

三頭の魔物の後ろから、ひょっこりと軽い調子で二人の探索者らしい人影が現れた。

魔物たちのことなど、全く脅威とも思っていない調子でこちらへやってくる。

しかも、そのうち一人は、俺たちを知っているらしいが、暗いし声だけではわからない。

「だっ、誰だ……！」

「あ～、この子たち見て驚いちゃったんだね。だから、言ったじゃん、魔物と間違えられるよって」

「フィオナが誰もいないから大丈夫って言ったんじゃん！」

「そうだっけ？」

なんと、二人のうちの一人は、死んだはずの先輩探索者フィオナさんだった。

もう一人のほうは見たことがない人だが、かなり親しい関係のようだ。

「ごめんねぇ、ふたりとも驚かせちゃったね。この子たちは、私たちの仲間だから大丈夫よ」

「な、仲間……？　この魔獣が……？　あ、いや、それよりもフィオナさん！　生きてたんですね！」

「あ～、うん。なんとかね。二人はまだ1層で頑張ってるの？」

「はい。仲間もいませんし。でも、あれから第二位階の魔法まで使えるようになったんです！　俺もティナも！」

「第二が？　第1層だけでそこまで到達できるなんて、二人は才能あるよ。せめて、ここがもっと流行《はや》ってれば上級探索者になるのも夢じゃないと思うんだけどなぁ」

　フィオナさんはそう言ってくれるが、野良パーティーに入れてもらえた頃以外では、ずっと第1層だけで三年もやっているのだ。誰だって、それだけやってれば相応の力はつくと思う。自分たちに才能が無いとは思わないけど、現実としてまだ第1層にしか潜れていない。

　あの頃、本当に才能がある奴はさっさと6層にまで降りて、魔法だって第三位階にまで至っていたわけだから。

「ねえねえ、フィオナ。お友だち？　私にも紹介してよ」

　フィオナさんといっしょにいる黒髪の少女が言う。

　見たところ、俺たちと同い年か年下だと思う。探索者とは思えないほど小綺麗で、服装も見たことがないものだ。探索者ではなく、金持ちのお嬢様かなにかだろうか。

「あー、こちらはマホ。たぶん、これからいろいろ君たちも話したりする機会あると思うから、いろいろ教えてあげてほしい」

「マホ・サエキです。君たちは1層だけで活動してるってさっき言ってたけど、なんで？」

こんなことを聞いてくるってことは、やっぱり探索者ではないみたいだ。

メルクォディアが2層から急に難しくなるのは、買い取り所でも教えてくれることなんだから。

「第2層はゴブリンの集団が出るんです。俺とティナは二人とも魔法使いだから、あいつらには対処できなくて」

「ほっ、ほう！　第2層はゴブリンなのね。ふ～む？　集団って、何匹くらい出るの？　ゴブリンのサイズは？　強い？」

フィオナさんでも知ってるようなことを、あれこれ聞いてくるマホさん。

俺とティナはそれに答えていったけど、なぜこんなことを聞きたがるんだろう。

それにしても、名字ありだし、貴族なのかな？　貴族でもダンジョンで修行することがあるっていう話は聞いたことあったけど……。っていうか、このでっかい三頭の魔物はなんなんだ。仲間なんて言ってたし、どうも、マホさんに懐いてるみたいだけど。

「……ふ～、貴重な情報をありがとう。フィオナに聞いて、2層をどうするかがカギだなって思ってたんだ。なんとなく構想が固まってきたよ。あ、君たちももうすぐ楽勝で稼げるようになるから楽しみにしててよ」

「あ～、でも俺たちもう別のダンジョンに移動しようかって話してて……」

「えっ⁉　それはもったいないよ。騙されたと思ってあと一ヶ月くらい残ってみたら？」

「え、でも俺たち……」

「アレスくん、ティナちゃんも、良かったら信じてみてくれないか？　これから、このダンジョンは変わる。いや、変えていくつもりだから」

「フィオナさんまで」

ダンジョンを変えるってなにを言ってるんだろう。

ここの管理はひどいって前に余所からきた探索者が言ってたけど、それが変わるってことなのかな。

横を見るとティナも困惑顔だ。

ダンジョンの難易度はもう発生した時から決まったもので、後から変えられないからアタリのダンジョンとハズレのダンジョンがあるって聞いたことがある。

そして、ここはハズレのダンジョンだ。今さら、どうこうできるとは思えない。

「ねえ、フィオナ。全然信じてもらえてないっぽいんだけど」

「そりゃそうでしょ。私だってまだ半信半疑だもん」

「またそんなこと言って。……まあ、結果で示すしかないんだろうけどさ。こういうのは。あ〜、そうだ。少年、向こうに宝箱があったよ？　あの形式の宝箱には罠が掛かってないから安心して開けておくれよ。信じられなければ箱ごと地上まで持っていけばいいよ」

「え、マホ。それ教えちゃうの？」

「初回サービスというやつだよ。お客様は大事にしなきゃね。彼らはこれから古参の探索者になるんだから」

「う〜ん。まあ、いっか。アレスくん、ティナちゃん。宝箱の話はホントだから、余裕があったら拾ってみて」

「は、はぁ……」

フィオナさんとマホさんは、そう言って去っていった。

巨大な三匹の魔物のことは結局訊《き》けず終《じま》いだったが……。

「フィオナさん……生きてたんだね。なんか、すごく明るくなってた」

「あ、それ俺も思った。すごく真面目な感じだったはずだけど、あの人、友だちなのかな」

「そうなんじゃない？　不思議な感じがする人だったね。それで……アレス、どうする？」

「どうするって、どっち」

「どっちも」

宝箱を取りに行くのか。

このダンジョンに残るのか。

その両方という意味での「どっち」。

「とりあえず宝箱、探してみようか。魔法、あと二回くらいなら使えるだろ」

少し戻った先、突き当たりのところに本当に宝箱はあった。

見たことがない形だ。

俺たちだってここに三年もいるのだ、宝箱くらいは見たことがある。

上層で出る宝物なんて、本当にゴミみたいなものしかでない上に、罠はしっかり掛かっていることが多い。リスクと釣り合わないんで、俺たちは一度も開けたことがない。

「罠……ないって言ってたけど……ホントかな」

「フィオナさんが嘘つくとも思えないし、大丈夫だろ。それにしても、見たことない箱だな？　あっ、軽い？」

「ちょ、ちょっと大丈夫なの？」

「箱ごと持って帰ったらいいって言ってたじゃん。上でゆっくり開けよう」

「本当に大丈夫なのかな……」

ティナは不安そうだが、こんな形の宝箱は見たことがない。

表面はツルッとしていて、丈夫そうなのにめちゃくちゃ軽くて「戦士の加護」のない俺でも、軽々持ててしまう。

ただこの重さじゃ、中身は期待できないだろうけど、箱だけでもそれなりに金になりそうだ。

ダンジョンの外に出て、原っぱで箱を開ける。

「お、おお～！　見ろよ、ティナ。すげぇ！」

「うそ。革手袋じゃない。こんなのすごく下の階層に行かなきゃ出ないいんじゃなかった？」

「なんかわかんないけど、これ売れば半月分くらいの稼ぎになるぞ！　別のダンジョンに行く旅費にだって――」

革でできた手袋はかなり高価だ。作るのが大変というのもあるが、柔らかさと強さを両立するのが難しいとかで、ここに来ていた探索者でも持っている人はほとんどいなかった。

たまに手袋を使ってる人でも、指がすべて独立しているものではなく、親指だけ独立したミトンが精々で、手袋に金を掛けるよりは手甲《マニファー》や籠手《ガントレット》に金を掛ける人のほうが多かった。

ましてて、ダンジョン産ともなれば、なんらかの魔法が掛かってる可能性もあり、想像よりも高く売れる可能性すらある。

「……ねえ、どうする？」

ティナから二度目の「どうする」。

革手袋だけでなく、この軽くて丈夫な宝箱の二つだけで、一ヶ月の収入と同等以上にはなると思う。

あのマホという少女は、このダンジョンを「変える」と言っていた。

いや、本当に変わり始めているのかもしれない。

こんな宝箱は今までに一度も見たことがないからだ。噂すら聞いたことがない。

「……もう少しここに残ってみるか。臨時収入もあったことだし」

「収入になるのは売れてからでしょ？　でも、賛成。私も、フィオナさんとあのマホさんって人のこと信じてみたい。ずっとここでやってきたんだしね」

「そうだな。俺たちが離れてからまた人気になったなんて聞いたら死にたくなりそうだ」

こうして俺たちはメルクォディアに残ることを決めたのだけど、この決断が間違いではなかったと知るのは、わずか数週間後のこと――

◇◆◆◆◇

ポチとタマとカイザーを引き連れての第1層探索は楽勝にすぎた。

1層にいる魔物はスライムという名前の謎の軟体生物で、こいつがただのザコではなく、魔法でなければ倒せないという特性があるのだが、ポチもタマもカイザーも何故か火を噴くことができるようになったとか言い出して、まあ、スライム、会敵、即、蒸発となったよね。

スライムの、体組織の大半が水分で、スライムの名前の通り、アメーバみたいにズルズルと動く。直径は50センチくらい。壁とか天井とかにひっついている時があり、それに気づかないと不意打ちされて窒息させられることがあるのだとか。腐っても魔物は魔物ということか。

あとは、最初に言った通り、魔法じゃないと倒せないということ。

ダンジョンができたころは、こいつが魔法じゃなきゃ倒せないということを知らないで挑んだ探索者が、それなりに犠牲になったのだとか。

なにせ、動きの遅いアメーバにすぎないのだから、いつか死ぬだろうと叩《たた》くのに夢中になっている内に、足元から侵食されて――という具合だ。

「松明《たいまつ》の炎とかじゃ倒せないの？」

地図を描きながらフィオナに訊く。

「ちょっと嫌がるくらいみたいよ。遠ざけられるくらいじゃない？」

「なるほど。物理はほぼ完全耐性を持っているってことか。最序盤の敵のくせに」

「魔法にはめちゃ弱いけどね」

ピーキーすぎんだろという気がするが、言っても仕方ない。ダンジョン経営するなら、こいつらはどうにかしなきゃかもな。

「ご主人、あっちもスライムいますワン」

ずっと遠くにいるスライムをいち早く発見するポチ。

みんな感覚が鋭いんで、肉眼では見えないような距離の魔物もすぐ見つけてくれる。

私とフィオナは、後についていって地図を描いていくだけ。

スライムもファイアブレスで一発だ。

「もうこの子たちに深層で魔石をとってきてもらえばいいんじゃないかな……」

「フィオナ！　なんてこと言うの！　この子たちは、身体はおっきいけどまだまだ子犬子猫子トカゲちゃんなんだから戦闘なんてできるわけないでしょ！」

「戦うのは怖いワン」「ニャン」「ガァ」

「えええええ……」

まあ、フィオナの言い分はわからんでもないけど、この子たちだって心まで変わったわけじゃないんだから、わけのわからん魔物が跋扈《ばっこ》する迷宮内で魔物を倒して回る日々を送れなんて、言えるわけがないのだ。

犬も猫も高度に家畜化された、つまりペットなんだから。たとえ、どんなに大きくなろうが、狼《おおかみ》やライオンになるわけじゃない。見た目はドラゴンみたいな元フトアゴヒゲトカゲのカイザーだって、温厚な性格で、元は昆虫だけじゃなく植物……葉っぱとかも食べる種なのである。

争ってばかりいる人間と同じようにはいかないのよ。

「そりゃ、自分の身を守るためとか、私たちを守るためとかならこの子たちも戦ってくれるだろうけどさ、単独で『行ってこい』なんて言えないし、可哀想《かわいそう》でしょ？　魔物にやられて死んじゃったらどうすんの？」

「うっ、それは……確かにそうだね。……ごめん、あんまり、強そうだからつい」

「それにこの子たちには、もっと大事な役目を考えてるから」

「役目？」

「そう。この子たち向けの仕事があるのよ。あ、まだ秘密ね」

まだいろいろ計画段階だからね。

それにしても、地図を作るのは意外と大変だ。そもそも、ダンジョンゲームみたいに同じサイズの通路だけで構成されているわけじゃなく、通路の幅も天井の高さもけっこう変化するんだよ。

確かにこれじゃあ、地図はあんまり普及しないかもしれない。

フィオナが言うには同じ階層内でも、立体交差するような地形があったりするらしいし、そうなったら紙の地図だと描くのはかなり技術が必要になりそう。

地図もいいけど、地図以外の手段も考えたほうがいいな、これは。

「ねえ、フィオナ。ダンジョンに案内図とか看板とか掛けたり、地面に『階段こっち』とか文字書いたりしたらどうかな？」

我ながらグッドなアイデアだ。

というか、ダンジョンをそのまんま使おうというのがダメなのだ。自分たちのやりやすいように改造して稼げる場にすればいいのだ。

「ダンジョンにそういうの置いても、すぐ吸収されちゃうよ？　人間の死体とかは、まだ魂が残ってる間は吸収されないけど、物なんかは一日ももたないんじゃないかな」

「ん？　そうなの？　それ、おかしくない？」

「おかしいけどダンジョンってそういうものなの。マホは知らなかったかもだけど、これダンジョンの常識だから」

「いやいやいやフィオナ君。最下層にお風呂《ふろ》やら椅子やら出しっぱなしだけど、全部そのまま残ってるの忘れたの？　トカゲ部屋の照明器具も、水竜部屋のポンプだってそのまんまだよ？」

「あ、あー。確かに。なんでだろ……？　ホームセンターから出てきたものは吸収されないってこと……？」

「多分そうなんじゃない？　なら、問題ないじゃん。改造しまくれるぞ！」

世界で唯一の人間の手が入ったダンジョンだ！

勝ったな（確信）。

「じゃあ、これをここに設置します。宝箱として」

「え……？　私たちが宝箱を設置するの……？　それ、探索者を騙して呼び込むってことなんじゃ……」

「いいや、箱も中身もダンジョンにあるものには違いないんだからいいんだよ。ちょっとばかし位置を変えただけ……」

本来なら最下層まで行かなきゃ取れないお宝が第1層で拾えるんだから、探索者からしたら大儲けですわ。

ま、実際のところどういう形でどう置いていくかはおいおい詰めていくとして、まだメルクォディアで頑張ってる探索者が数名いるらしいから、先行者利益というやつだ。

1階層自体もそこまで広くない上に、広間みたいなところもそれなりにあって、地図は数時間で完成。

その帰り道、少年少女の探索者と出くわし、フィオナは知り合いみたいだったんで、宝箱の場所を教えてあげた。

余所のダンジョンに移動する予定なんて言ってたし、ここが儲かるダンジョンに変わるってこと、知ってもらわないとだからね。

というか、このタイミングで余所に移動するのはめちゃくちゃ損だよ。

1層の地図が完成したので、そのまま2層に降りてきた。

第1層のスライム階をどうするかはもう決めたから、次はここだ。

さっき出会ったアレスくんによると、たくさんのゴブリンがあっちこっちから出てくるので、戦闘に手間取っていると挟撃されやすく、後衛が殺されてしまう事故が多く発生するのだとか。

「私も最初のころはここは嫌だったなぁ」

「フィオナも苦戦したの？　大丈夫だった？　手籠《てご》めにされてない？」

「手籠めって？　ゴブリンに……ってこと？　どういうこと？」

「なんでもないです」

ふむ。我々の常識とは何かが違ったようだな……。

その後も、どういうこと？　どういうこと？　としつこいフィオナに、ゴブリンスレイの歴史を叩き込んでやったが、顔を赤くして驚いていた。

というか、あっちの世界にもこっちの世界にもゴブリンとかいるのなんなん。

……いや、地球にはゴブリンはいねぇか。いなかったわ。

「マホでもゴブリンくらいならたぶん倒せると思うから、やれそうならやってみたらいいよ」

「そうだねぇ。スライムはダメだったし、いっちょやったりますか」

スライムは魔法じゃないとダメだったから、物理で殴れば死ぬゴブリンは私向きだ。

ホームセンターから手斧《ちょうな》も持ってきてあるし。

「来た！　一匹、そっちに回すよ！」

「よしこい！」

暗闇の先からギャギャギャギャとダミ声を発しながら、小柄な体躯《たいく》の魔物が飛び出してくる。

なるほど、あれがゴブリン。

なんで地球のアレと同じ感じなんだと思ったが、これはもしかすると自動翻訳によるものなのかもしれない。今だって、感覚としては日本語のつもりで喋っているが、もちろんそんなはずはないのだから、現地言葉ではゴブリンでなくムンベムンベとか別の名前なのかもしれない。

とにかくゴブリンだ。

体長は一メートルにも届かず幼児みたいなもんだが、武器を持っているのが問題だ。

小さなナイフでも生身部分を斬《き》りつけられれば死ぬ可能性はある。

しかし私だって、最下層のボスどもを倒してレベルアップしてるはずの者。

最弱の誉《ほま》れ高いゴブ公ごときに後れを取るものか。

うおおおおおお！

ゴブリンを迎え撃つべく手斧を構える。

だが、ゴブリンが私のところにまで来ることはなかった。

私の横を大きな影が通りすぎ——

「ギャギャギャギャ、ピ」

「ギャ、ヒン」

「ペ」

タマが飛び出して、私やフィオナが迎撃する前に、ゴブリンをペシペシペシと叩き潰してしまった。

「ちょ、ちょっとタマ。戦闘の練習も兼ねてるから、倒さなくいいんだよ？」

「チョロチョロ動いてるから、つい……ニャン」

「狩猟本能を刺激される動きだったかぁ」

よくよく考えれば、この三匹の中ではタマが一番肉食の性質を残してるんだよな。

猫は飼い猫でも普通に狩りをする生き物だし。

その後、闇の中から現れるゴブリンたちにビビったりしながら、くまなく歩き回った。

第2層も第1層と同じように、あまり広くない通路で構成されたザ・ダンジョンといった風情の作りで、いくつかの問題はあるが、難易度を下げるのはそう難しくなさそうだ。

あと、ゴブリンも倒してみたが、けっこうあっけなかった。

斧《おの》を叩き込む感触はちょっと慣れが必要な感じだったが、死体が残らないのがいい。

そんな調子で五日間。

多少の紆余《うよ》曲折はあったものの、6層までの地図作りが完了した。

もともとフィオナは6層をメインの狩り場としつつ、いちおう7層までは行ったことがあったため、だいたいの特徴はわかっており、地図作りそのものは捗《はかど》ったと言えるだろう。

魔物も、ポチタマカイザーがいれば、ほとんど怖いレベルの奴はいなかった。

まあ、この迷宮は腐っても全101階層。地下6階なんてまだまだ上層も上層なのだから、こんなものだろう。

ちなみに宝箱は毎朝再設置した。

毎日なくなってたから、アレスくんたちや他の探索者が見つけて持っていったのだろう。

いきなり謎の宝箱が出現するようになったという事実が、どういう影響を及ぼすかは未知数な部分がある。

でもまあ、中身はささやかなものだし、長くここで続けてる人たちへのサービスみたいなもんだね。

◇◆◆◆◇

「よーし、地図はまだまだ未完成だけど、とりあえず6層までのことはわかったね」

思ったよりは時間がかかっちゃったけど、なにせ人手が足りないから仕方が無い。物はある。これから繁栄していくのための材料だけはある。でも人は私とフィオナのみ。そんな状態だ。

人手の確保は急務といっていい。

「フィオナ。誰か手伝ってくれる人も募集しなきゃねぇ。ギルドだって正式なものを立ち上げる必要あるし。ああ～、やること目白押し！」

「そんなにやることあるの……？」

「あるよ！　ありすぎるほどある！」

しかも、時間がかかるようなことが多いんだよね。

究極的には、ダンジョン経営って領地経営に深く関わり合ってるから。

ただ探索者を集めればいいという問題ではないのだ。

とはいえ、儲かると知られれば人は勝手に集まるはず。

かつて、ゴールドラッシュで一番儲かったのは金を掘った人ではなく、鉄道を通した人や、ツルハシやジーンズを売った人だったという。

これはある種の教訓だが、我々だって同じだ。ダンジョンが発生して、そこから魔石という金が出る。探索者はそれを聞いて駆けつける。

私たちは、武器を売り、防具を売り、宿も食事も用意し、さらには魔石まで買い取る。利益は莫大《ばくだい》なものになるだろう

だが当然、そんなことを全部私とフィオナだけでできるはずはない。

この街のギルドはほとんど崩壊……というか、魔石の買い取り所だけがかろうじて機能しているにすぎないし、人集めは本当に急務だ。

探索者のほうが先に増えてしまったら崩壊……下手したら暴動が起きるぞ。

「まだ第一歩にもなってないからねぇ。それに探索者を呼び寄せるってことは、余所のダンジョンで探索やってる人に来てもらうってことだからさ。どうしたって比較されちゃうわけ。どんだけ準備しても足りないよ」

「まぁ……確かにね。おっきな迷宮都市には本当になんでもあるからね。遊ぶとこも多いし。この街にも酒場くらいならあるけど」

「でしょ？　街そのものの都市計画もいっしょに進める必要があるってことだし、どんどんやってかなきゃ。忙しくなるぞぉ！」

やること多いけど、今はひとつひとつクリアしていけばいい。

◇◆◆◆◇

「フィオナ。私は迷宮のほうやるから、フィオナには外を頼もうかなって思うんだけど」

「外？」

「迷宮の改造は私とこの子たちでできるけど、外はそういうわけにはいかないでしょ？　フィオナが領主の名代として動いてほしいのよ」

「で、でも私……なんにもわかんないのよ？」

「大丈夫大丈夫。やることリスト作るから」

「でも……私、マホが一緒じゃなきゃ……本当になんにもわかんないし……」

心細げに私の服の裾を握るフィオナ。

探索者としては、ゴブリンだってオークだって一撃で倒せるくらい強いのに、こういうところは貴族のお嬢さんのままなのかもしれない。

二人の時は強気なんだけどなぁ。まあ、学校も行ってないというし、私が想像している以上に世間知らずという可能性もある。

いや、たぶん実際にそうだと仮定するべきか？

まあ、二人しかいないわけだしな。いっしょに行動したほうがいいか。

たいして効率も変わらないだろうし。

「そうだね。フィオナ、私もちょっと焦ってたかも。二人でやろっか」

「そうしてほしい……ごめんね、私役立たずで……」

「いや、役立たずってことはないよ。ただ単に私が特殊なだけだから。フィオナ、異世界から来た人間なんてこの世界に私しかいないんだよ?」

「そ、それはそうかもしれないけど……」

異世界から来た人間である私の代わりになる人間は、この世界には存在しないからね。

そのことに嘘をつく必要はないし、私と比べてフィオナが役立たずと感じるのは、まあ仕方がないことと思う。

それに、私も悪い。やろうとしていることを言語化して、人にやらせるというスキルがないから、自分で試行錯誤しながらやるしかなく、それにフィオナをつき合わせているわけだから。

もっと経営に明るいオトナが呼び出されたのなら、もっとスマートにいろいろ進められるのかもしれないけど、そんなこと言っても始まらない。

「フィオナ。私、考えたんだけどさ。私って、他のダンジョンのこと知らないじゃない?」

「えっと……うん」

「だから、ダンジョンの常識みたいなことに縛られる必要ないのかなって思うのよ。ここのダンジョンって完全に『フィオナの家の持ち物』なわけでしょ、要するに。それなら、もうどうしたっていいわけじゃない。なんたって権力があるわけなんだから」

「権力って……。でも、そうね。特に決まりなんてないはず。迷宮管理局も頼んでないわけだし」

「でしょ。私ね、いっそ、営業時間を決めたらどうかなって思うのよ」

私がそう言うと、フィオナはキョトンとした顔をした。

「営業……時間?」

「そ。だって、転送碑で移動時間短縮できるから長くダンジョンの中にいる必然性が低いでしょ？　メンテナンスの時間も欲しいし、宝箱だって毎日補充しなきゃなんないし」

「それはわかるような気がするけど……。中に入ったら時間なんてわかんないし、無理じゃないかな」

「腕時計配ればいいじゃん。ついでに、時計をうちの探索者の証明にして、ランクが上がるごとに時計のグレードをアップさせてく仕様にしたら面白いと思うんだよ」

ギルド証の代わりになるしね。時計を見れば一目瞭然《りょうぜん》だし、この世界も地球と同じでなぜだか一日は二十四時間みたいだし。

腕時計はそれこそ腐るほど種類あるし、探索者も選ぶ楽しさが得られる。なにせ、この世界には腕時計なんて存在しないんだからな。

なんか問題が起きても、権力でもみ消せばいいし、もし国王が出てきたら……そのころには迷宮街もある程度デカくなってるだろうし、迷宮から出たってことにすればいい。

宝箱の中にたまに時計を入れておけばいいだろ。時計の価値は相対的に下がるだろうけど、別に時計で儲けたいわけでもないしね。

「でもマホ、その宝箱の再設置ってずっと私たち二人でやる……ってこと？」

「そこなんだよなぁ。この子たちに手伝ってもらってもいいだけど、獣フォームだと、ちょいと不便よねぇ」

ポチとタマとカイザーは強いし、上層の宝箱の設置くらいならできるだろうが、獣の姿だとやっぱり宝箱を設置するのはねぇ。持ち運びの問題もあるし。

「いずれは強い探索者を運営側に巻き込むしかないだろうね」

「探索者を？　バレたらけっこうヤバいんじゃない？」

「まあ、そりゃそうなんだけど、組織が大きくなればそういうリスクはどうしたって上がっていくものだし……」

強い探索者はまあ確かにリスクだ。脅されたりとかしたら面倒だし。

かといって、魔物にそもそも対抗できることが前提になるわけで、弱い探索者では宝箱の設置どころじゃないという。

あとは、私自身が超強化して宝箱係をやるか？　う〜ん……。

「ねえねえご主人。アレを使って子分を呼び出せばいいんじゃないのかワン？」

話していたらポチがよくわからないことを言ってくる。

アレとは？

「アレはアレだワン。ねえ？」

「そうそう。グルグルグル〜ってしてして、どっからか魔物を呼び出せるんだニャン」

「ガァ」

全然、要領を得ないが、どこかに魔物を呼び寄せられるところがあるらしい。

「アレ、なんて言ったっけ……？　そう。まほーじんだワン」

「この姿になってから魔力が見えるのニャ。あのまほーじんはまだ使えるニャン」

「ガァ」

まほーじん？　あ、魔法陣か。

あのドッペルゲンガーが出てきた奴のこと……だろうな。

あの階層クリアしてから、全然気にしてなかったけど、あれってまだ使えるってこと？

「なんでそんなことわかるの？」

「なんとなくわかるんだワン。魔法の力が、なにをしようとしてるのか見えるんだワン」

「あの場所は、呼び出す魔法の場所なんだニャ」

「同等の品物と引き換えに何かを呼び出せるみたいなんだガァ」

ふぅむ？

同等の品物というのがよくわからないが、供物《くもつ》というやつだろうか。

魔法陣から呼び出すモノといえば、定番は悪魔だが、ついに大きな魔物みたいになっちゃった子たちだけでなく悪魔まで使役するようになるのか……。

「ふぅん？　面白そうだね。やってみよう」

「ま、マホ。本気なの？　魔物なんて呼び出して襲われたりしない？」

フィオナは本気で心配そうな顔をしている。

宗教観的にアウトなのかも。

「ま、最初は弱そうなやつを呼び出して試してみればいいでしょ。そもそも、呼び出せるかどうかもわからないしね」

私たちはホームセンターの品物をいろいろとアイテム袋に詰め込んで、96層へ訪れた。

なるほど、確かによくよく見てみると、魔法陣は死んでいないように見える。

赤く色づいているし、わずかに発光も残してる。

「それで、これどうすればいいの？」

「供物を置いて、来てほしいモノに呼びかければいいですガァ。向こうが納得すれば答えてくれるはずなんですガァ」

やっぱりこれ悪魔召喚じゃない？

まあ、魔物がいたり、ダンジョンがいきなり発生したり、ホームセンターを異世界からまるごと呼び寄せるようなとんでも世界だ。悪魔くらいいるか。

「ふ〜む？　なんでも呼び出せるのかな。リストが欲しいよね、こういうの。ドッペルゲンガーが出てきたわけだし、友好的なドッペルゲンガーとかも呼び出せるのかな」

「どうだろ。呼び出せるの……かも？」

「試してみるか。私のドッペルゲンガーなら、仮に襲ってきたとしても対処可能だしね」

ということで、呼び出すのは私のドッペルゲンガーだ。

供物は……電動工具《インパクト》でも与えておけば、ホイホイ呼び出されてくるだろう。

私だし。

「……コホン。じゃあ、いくよ！　我が呼び声に応えたまえ！　ドッペルゲンガー！」

私がそう叫ぶと、魔法陣がキラキラと輝き、初めてこの階層を訪れた時と同じように一体の人影が魔法陣の上に出現した。

全身が影の中にいるような人影。

男なのか女なのかもわからない、なにもかも曖昧な人物が立っている。

「あ……あれ？　私のドッペルゲンガーが出てくると思ったんだけど」

「我は汝《なんじ》の影、汝は真なる我。召喚に応え参上した、私はドッペルゲンガー」

「しゃべったぁあああ！」

いや、そりゃ喋るか。

喋ってくれないと意思疎通とか難しいもんな。

ていうか、ポチたちでも喋るんだから、この世界じゃ喋るのがデフォよ。たぶん。

それにしても、中性的で不思議な響きを持つ声だ。私は好きだな。

「あ、あー思ってたのと少し違うけど、私になれる？」

「もちろんです、マスター。では、私と手を合わせてください」

そう言って右手を前に突き出すドッペルゲンガー。

恐る恐る手を合わせると、すぐにドッペルは私の姿になった。

「わ、私だ！」

「マスターの情報を取得いたしました。どのような用事でもこの私めにお任せください」

「ふうん？　中身は私にならないんだ？」

「記憶情報は取得していますが、人格は私のままです」

なるほど、それはそれで便利かもしれない。

なにもかも「私」になってしまったら、いきなり自己のアイデンティティが崩壊しそうだからな。

「あなたって手を合わせれば私以外にもなれたりするの？」

「当然です、マスター」

「じゃあ、次はフィオナになってみて」

「え、ええええ、私⁉」

「そんな驚くようなことじゃないでしょ。ポチとタマとカイザーにもなってもらおうかしら」

というわけで、一通り試してみたが、ドッペルは全員に変身できた。

なるほど、これは味方ならいいが、敵になったら厄介《やっかい》極まるやつだな……。

「それにしても、あなた……いやなんか名前がないと不便だな。名前とかあるの？」

「いえ、私はあちらの世界にある本体から再構築された分体のようなもの。供物の対価として、あなたの僕《しもべ》となるべく作り出された存在。名前はありません」

「ん？　そうなの？」

ドッペルゲンガーが本体ならば、前に一度倒した時点でもう出てこないということになる……のか？　いや、たくさんこいつらがウジャウジャいる場所（魔界とか？）があって、そこから抽出されたやつが呼び出されるみたいなシステムかと。

私がそんなようなことを訊ねると、ドッペルゲンガーが詳しく説明してくれた。

「私の本体があった場所の名前は私もわかりません。マスターの記憶から言葉を当てはめるならば、魔界とか地獄とかいうものかもしれません。この魔法陣は、この世界から呼び声を届ける装置ですね。供物を対価に、応えても良いと思った者が、自らの魔力を使って分体を送り『交換』する。いわば、物々交換装置といえば、わかりやすいでしょうか」

「なるほど……。しかし解せんわね。私が置いた供物って、電動工具だけど……」

「ああ！　あれは素晴らしいですね！　あのような装置は我々がいた世界には存在しませんから、本体は自らの半分もの力を私に分け与えたほどですよ！」

「そんなに」

こいつらの価値観がわからん。

まあ、電動工具は人類の叡智《えいち》の一端ではあるかもしれないが、それにしたってねぇ。こいつらが地球と取引する前で良かったな。

「まあ、とにかく君たちのことはわかった。それじゃ、名前は……私がつける感じ？」

「そうですね。マスターがつけてくだされば」

「ふぅむ。シャドウとか？　ドッピーでもいいけど」

「ではドッピーで」

そっち選ぶんかい！　いや、いいんだけどね。別に。可愛いよね、ドッピー。

「じゃあ、ドッピーは基本的に私の姿でいるように。はい」

私が手のひらを前に出すと、それには及ばないと、そのまま私の姿に変化した。

「おおっと、マジで？　一度変化した人間の姿に変わることができるってこと？」

「そうですね。もちろん限度はありますが」

「最強じゃん」

こいつはなかなかの強キャラですよ。コピーニンジャじゃん。

「さて、私はなにをしますか？　マスター」

「そうだね。まずは……肉体労働ができて力が強くて、ついでに戦闘も強くて、でも見た目の圧迫感がない人間タイプの存在を呼び出したいから、紹介して？」

「ふむ……？　なるほど、このダンジョンで働かせる人足をご所望なのですね？　マスターの記憶から情報を呼び出してますが、主な仕事は、宝箱の設置、設備の取りつけ、メンテナンス、探索者の救出など……ですか。それならば適任の者がおりますよ」

「こいつ有能すぎる……」

フィオナの気持ちがわかっちゃうかも。

これなら私すらいなくてもなんとかなるんじゃない？

横にいるフィオナの横顔もちょっと曇ってるかも。可愛いなこいつ。


適任なる者の説明を聞いた私は、ホームセンターから大量の供物を運び出した。

ドッピーによると、ドッペルゲンガーよりもかなり上位の存在だとかで、供物もかなり多く用意したほうがいいだろうとのことだった。

「魔界人の趣味がよくわからないから、いろいろ用意したけど、こんなんで本当にいいの？」

「素晴らしいです！　これならば魔界の王でも来てくれるかもしれませんよ！」

「さすがに魔王はいいかな……」

いや、領地の統治には力があったほうがいいとは思うよ？

ここが繁栄した暁《あかつき》には、力があったほうがいい場面には遭遇するだろうけれど、それにしたって魔王はやりすぎってもんでしょ。扱いきれなくて事故りそうだし、ホント、お手伝いホブゴブリン程度のものでいいんだわ。本当は。

「ではでは、ドッピーオススメの魔界人を召喚したいと思います」

魔法陣の前に山と積まれた、お菓子、お酒、薬、自転車、電動工具、耕運機。

ちゃんと綺麗に並べたものだから、怪しい儀式感満載だ。いや、実際怪しい儀式ではあるんだが……。

宗教的にアウトかもしれないが、フィオナも何にも言ってないしセーフだろう。

まあ、どうせ私はこっちの宗教を履修してないから、な～んも知らないけどね。

「我が名はサエキ・マホ！　我が呼び声に応え顕現せよ、セーレ！」

私がそう叫ぶと、魔法陣が光り出しシュンシュンシュンと供物が消滅していく。

ふむ、よくわからないが、一つ一つ吟味しているのだろうか。

最後の一つの供物がなくなってからしばらくして、魔法陣が一際強く輝いた。

その後に現れたのは――

「…………」

「……………………」

「………」

「…………あの」

現れたのはなんと翼のある白馬（ペガサスか？）に乗った金髪碧眼《へきがん》の貴公子だった。

まさか、こんな現実感のないスーパーイケメンが来るとは思ってなかったが、キリッとした顔のままなにもしゃべらない。

影人間みたいなドッペルやら、ペットが魔物化した動物でもしゃべる世界なのにどうした。

と、思ってたら、どこからともなく白いフリップボードを取り出して、サラサラと指先で何かを書きだした。

『求めに応じ参上いたしました。吾輩《わがはい》は遍在する者セーレ。お見知りおきを』

「ん？　日本語？　なんで日本語が書けるの？」

フリップに書かれているのは完全に日本語だ。謎にちょっと丸文字の。

「マホ、私には共通語に見えるけど」

「えっ？」

『これは「言葉を伝える板」。見る人が必ず読める文字で表示されるのです』

いや、しゃべれよ――と思ったのは否定できないが、なんらかの事情があるのだろう。

現代日本で育った私はそういうの気軽に聞けないタイプ。フィオナはめちゃくちゃ言いたそうな

顔してるけど、やめとけやめとけ。

コミニケーションが取れるなら筆談でも問題はない。

むしろ問題は、この人に力仕事とかできるのかってとこ。

「あ、あの～、私、力仕事とか頼みたくて呼んだんですけど、そういうのできます？　木材切ったりとか、人を運んだりとか、指定の場所に箱を設置してもらったりとか」

『容易《たやす》い』

純白のペガサス（だよな？）に乗ったまま応えるセーレ。

常に真顔だが、ちょっとドヤ顔っぽくも見えるので、よくわからない。謎だ。

「セーレはなんなの？　悪魔？　モンスター？」

『魔の化身たる神。その一柱』

サラサラとボードに記入して端的に答えるセーレ。

ファサッと前髪を掻《か》き上げドヤ顔。このキリッとしたドヤ顔がデフォなのか、こいつは。

馬から下りろ。

「魔の化身たる神ってことは、つまり魔神か」

まあ、こういう世界だから神くらいいるだろう。

ドッピーが、もっと高位の者と言っていたし、そういうこともある。

神とは何か？　みたいな定義の問題もあり、ぶっちゃけなんだかよくわかってないが、わかっても仕方が無い。今ある現実を受け入れていこう。

……だんだん感覚おかしくなってきてんな、これ。

「フィオナは知ってる？　魔神」

「…………ヤバいよ、マホ……ヤバいって……」

横にいるフィオナが真っ青な顔をしてる。

「どうしたどうした。いきなり白馬の王子様レベル１００みたいのが出てきて卒倒寸前か？」

男子にあんまり免疫なさそうだからな。

ん？　私？

ははは、さすがにこのレベルの男が出てきたら、もう男として認識するのも危《あや》ういわ。

実際、別の種族だし。

どちらかというと、シュールな笑いを感じている……。

『魔の化身たる神』って、邪神じゃないの……。こんなのバレたら……」

「ああ、宗教的にマズいってことか。ま、バレないでしょ。彼には裏方やってもらうつもりだし」

「それなら……いい……のかな……ほんと？」

「フィオナ。もうこうなったら一蓮托生《いちれんたくしょう》だよ！」

この世界の宗教――なんとか寺院だっけ？　が、どんくらい力を持っているかはわからないし、あるいは我々の想像もつかないような超装置が存在していて、『邪神の顕現を捕捉！　直ちに討伐隊を向かわせろ！』みたいな事態にリアルタイムでなってる可能性もあるにはあるが、そしたらそいつらにダンジョンで稼いでもらえばいい。

私たちは知らぬ存ぜぬでＯＫだ。

最下層で私たちが召喚しましたなんて、誰が信じるよ？

「あ、一つ問題あるけど、セーレは強いの？　ここから魔物とか倒しながら一番上まであがってこれそう？　ここってダンジョンっていう迷宮で、地上までかなり距離あるんだけど」

『瞬間移動が可能』

「瞬間移動……？　めっちゃ脚が速いってこと？」

『転　移《テレポーテーション》』

「マジで？」

いやそりゃファンタジー世界なら街から街へワープする魔法とかよくあるけど、ガチで使える人が仲間になるなんて思わないでしょ。

何考えてるかよくわかんないし、フィオナとかマジビビリしてるけど、ドッペルの説明が確かなら敵対的な存在になる可能性はほとんどゼロのはず。

「自分以外もいっしょにテレポートできるの？」

『可』

「じゃあセーレはドッピー連れてきて。しばらく二人で行動してもらうから」

『ドッピーとは？』

「そこで私の姿になってるドッペルゲンガーくんのこと。同僚だから仲良くね」

『承知』

フリップボードを掲げつつ、チラっとセーレがドッピーのほうを見る。

感情の伴《ともな》わない冷たい視線は、どうも下の者を見るソレで、まあ……ドッピー自身も自分よりもずっと格上の存在ってセーレのことを言っていたし、魔界での格づけみたいのがあるのだろう。

別にいっしょに酒とか飲んで盛り上がってほしいみたいな要望はないけど、同僚として最低限は仲良くやってもらいたいものだ。

ドッピーは大丈夫だろうけど、このセーレというやつはちょっと読めないところがあるから。

なんたって、マジの魔神だしな……。

◇◆◆◆◇

第1層まで戻ってきた。

セーレ曰く、私とは契約のパス的な何かが繋がっていて、どこにいても私のいる場所を把握できるのだとか。

私たちは転送碑を使って1階に来たけどどうだろうな。

「ねえ……マホ。本当に大丈夫かな……」

「なにが？　セーレのテレポートのこと？」

「そうじゃなくて、あの魔法陣のこと！　ドッペルゲンガーだって、あのセーレってのだって、ま……魔物じゃないの……？」

怯えた様子のフィオナ。地球人の私には感じられない禍々《まがまが》しさみたいなものを感じ取っているのかもしれない。

「まぁ大丈夫でしょ。ドッピーも言ってたでしょ。貢ぎ物のお礼として力を貸してくれるって。そもそも、連中の価値観を我々のそれと比べても意味ないしね。ま、人間とか殺したりしないように注意しておいたりは必要かもね。特にセーレのほうは」

ドッピーは基本的に私の姿でいてもらうつもりだから、そういった常識部分はいちいち教える必要がないだろう。

だが、セーレは見た目は貴公子だがマジもんの魔神。

思いもよらないやらかしをする可能性がある。

とはいえ、ダンジョンを運営しようというのだ、すべての魔物はやられ役の従業員みたいなもの。

この程度も御せないようでは、話にならないだろう。

コミュニケーションの取れない蛮族みたいな魔物なら難しいだろうが、セーレは謎のフリップで話は通じるのだし。

そんな話をしていると、セーレが1階に現れた。

小脇に私に化けたドッピーを抱えている。

ホントに瞬間的に転移してきたね。

セーレがドッピーをポイッと捨てて、馬から下り転送碑の前に立つ。

『この魔導具』

「転送碑がどうしたの？」

『吾輩の転移とほぼ同じ術式で機能しているようです』

「つまり魔法の力が宿ってるってことか。一種の魔導具なんだね」

魔法ってことは、解析して使えるようになったりするのだろうか。まあ、魔力を感じるのも初心者級の私では無理だろうが、こないだ会った魔法使いの若い二人とかだったら、可能性あるとか？

『吾輩の術のほうが途方もなく上位の魔法ですけどね！』

フッと髪を払い上げ格好づけるセーレ。

地球じゃもうお笑いでしか見ない動きで、なんとも言えない気持ちになる。

こいつのコレが、ガチなのかギャグなのかわからん。

私なんてちょっと笑いを堪《こら》えてるくらいなのに、フィオナは真っ青な顔してるし、どう解釈しろってのよ！

にしても、転送碑は魔界の術が使われているのか。というか、魔法自体も、なんか神様の力を借りて使用するとかなんとかって言ってたっけ？

「ま、ダンジョン自体がいきなり出現するものらしいし、たぶん魔界寄りのものなんでしょうよ」

『確かに、下層の空気は吾輩がいた世界と近いかもしれません』

実際、私でもわかるくらい1層と最下層とでは空気が違う。

説明が難しいが、下層は重苦しく密度が高い感じだ。

動きにくいとかそういうのはないから説明しにくい感覚だけど、あれが魔界的な要素……もしかしたら大気中の魔力濃度的なものが違うのかもしれない。
「セーレの能力があったら、誰でも最下層にご招待できちゃうね」
『可能です。私はこれが一番得意なので』
まあ、いまのところ他の人間を最下層に入れる予定はないが、できることが増えるのは良いことだ。最下層でなくても、単純に迷子を地上に連れ出すのに使えるってのが大きい。
「よし、今ここにいるメンバーがこのダンジョンの運営の中核になる予定だからね。みなさん、それぞれに役目を果たして、ここを世界一のダンジョンにしていきましょう！」
ここで役割を割り振っていく。
総監督　私
助手兼領地経営指揮　フィオナ
ダンジョン運営監督　ドッピー
ダンジョン運営補佐　セーレ
ダンジョンマスコット　ポチ・タマ・カイザー
『ご意見！　ご意見！』
私が役割分担を発表したら、セーレが高速でフリップを書き掲げた。
「どうしたの、セーレ」
『吾輩がドッペルゲンガーの下ですか⁉』
「そうだよ？」

『不服！　不服です！』

ふ〜む？　やっぱり魔界での上下関係みたいのがあるんだなぁ。

「セーレ。ドッピーは私の姿で活動するんだから、私だと思って接してちょうだい。実際に手足として動くのはあなたなんだから、実質、あなたが運営管理のすべてを担《にな》うことになるの。責任重大だから、頑張ってね」

『レディ・マホの命令ならば致し方なし……』

あんまり納得してなさそうだけど、ドッピーは実際私の中身をコピーしているわけで、能力も状況判断力も私と同じのはず。だからこそ、私が指示を細かく出さなくてもわかってくれるから、指揮者として適任だし。

瞬間移動できるセーレは、実働部隊として有能すぎる。

なんといっても、宝箱を所定の場所に置くのにこれ以上の人材はいない。

普通に運んでたら魔物は倒しながら移動しなきゃだわ、数は多いわで、ちょっと現実的じゃなかったからね。最悪、時々置ければいいやくらいに考えてたけどセーレの能力なら毎日追加でも全然問題ないわけだから。

「ボクたちの、『ダンジョンマスコット』ってのはなんなのですかワン？」

ポチタマカイザーが首を傾《かし》げて訊いてくる。

たしかにフワッとした役割だ。

「君たちは表で顔を売るのが仕事だよ。大きな動物はみんな大好きだからね」

「こ、怖がられないですかニャン？」

「危なくないってわかれば大丈夫だよ。おっきい動物は可愛いし、自分たちの仲間だとわかればこんなに頼もしいことはないし」

ポチタマカイザーは実際ドデカくて可愛いし、子どもにも人気になるだろう。

これが領主と関係ない人間のペットだったら、取り上げられちゃったりとか面倒ごとを引き起こしそうだが、こっちが領主側だからな。権力バンザイ！

「それでは、実稼働は二週間後を目標にします！　それまで準備がんばろー！」

「「「おー！」」」

こうして、想像とは違う形でメンバーも集まり、私たちのダンジョン街再建計画はスタートしたのだった。

やるぞー！

◇◆◆◆◇

僕は行商人のリック。

地元の商会での丁稚《でっち》奉公を終えて、馬一頭、荷車ひとつで西へ東へ行商の毎日。

いつか、デカく当てて街に自分の店を持ち、お嫁さんを貰うことを夢見ているけれど、僕が持っている販路はたいした儲けは狙えないものばかり。

かといって、危険な地域を抜ける必要があるような販路はリスクが高すぎる。

もし山賊にでも襲われたら一巻の終わりだ。

今日もダーマの街にまで来ているが、この街もダンジョンができた頃と比べると、一気に寂しい雰囲気になった。

噂じゃ、ダンジョンで人を呼び込むために領主が大金を借りたというし、そろそろ危ないってんで、商人仲間の間じゃ、あそことの取引は気をつけろって噂が絶えない。

とはいえ、僕みたいな零細行商人が領主と取引なんてするわけもなし、今日も北で仕入れた大麦を馴染《なじ》みの商人に売るだけだ。

僕のように荷車一つでやっている行商人は全然稼げないが、それでも手堅くやっていれば、そうそう赤字にはならない。

問題は、大きな黒字にならないことと、何かの間違いで商品がダメになってしまった時に、一気に苦しい状況に陥ってしまうことだが、そんなのは生きていれば何をしていたって起こりえること。

そんなことを気にしていたら大きなチャンスをモノにすることなんてできるはずもない。

「それで、グレオさん、なんか面白い話ないんですか？」

「面白ェ話ったってなぁ」

馴染みの商家で取引が終わった後に情報収集する。

こういう時に、なにか気の利いた心づけを渡せられるといいのだが、残念ながら金に余裕がなくて、ろくなものを渡すことができない。

相手のグレオさんは、この街でも中堅の商家だ。最初のころは張り切って心づけを送ったりしたものだけど、新人のくせにそんなことやる必要はねぇって怒られちゃったんだよね。

まあ、心づけが好きな人もいるし、そこはいろいろだ。

グレオさんには世話になっているし、それとは別になにか良い話があれば僕からも情報を提供したいくらいだ。まあ、そんな良い話なんてなんにもないんだけど。

「オメェも知ってる通り、ダンジョンがダメになってからこの辺もなんだか寂しくなっちまってな。みんな、一度、夢ェ見ちまったもんだから、落胆もでかかったんだろ。街を離れる奴も出てきてる」

「ぜ、全然いい話じゃないッスよ、それぇ……」

「まあ、オメェが持ってくるような品は売れなくなるってこたぁねぇから問題はねぇと思うぞ。うちはもっと深刻だよ」

確かにこの街で店を持っているグレオさんにとっては笑い話にもならないはず。

ダーマはまあまあ大きい街だし、そうそうおかしなコトにはならないだろうけど、領主の借金の返済が滞れば、一時的に空白地になる可能性もある。

そうなったら、あっちこっちから盗賊山賊が押し寄せるだろう。

もしそんなことになったなら、この街は終わりだ。

「だから、領主になんとかしてもらいてぇんだが、最近は特に元気がなくてな。……オメェも、余所の販路を開拓しておいたほうがいいだろうな」

「それほどでしたか。確かに来る度になんとなく寂れてきているような気はしていましたが……」

「別にすぐどうかなっちまうってこたぁねぇと思うけどよ。でも、何かがねぇと苦しいだろうな。何かが」

「何か……ですか」

僕には領地経営のことはわからないけど、時々、領内で鉱脈が見つかったりとか、海の向こうとの取引で莫大な富を得たりとか、そういう話は聞いたことがある。

だが、ダーマ伯爵がそういう事業に力を入れているという噂は聞いたことがない。

僕がいくら商人としては末端も末端、零細の行商人だったとしても、さすがに大きな動きをしていれば噂くらいは耳に入る。

「それで、今日はすぐに戻るのか？　良かったら一席設けるぞ？　うちの若いのに行商の話をしてやってくれ」

「本当ですか？　いやぁ、是非お願いします」

「最近はリック、オメェみたいな若い行商人も減っちまったからな。でも商売の基本は足で稼ぐことだぜ。そのことを教えてやってくれ。まったく、最近の奴らは安定志向だの、命を大事にだのつまんねぇことばっか言いやがってよ」

「ははは、僕なんかでよければ」

話がまとまり、ひとまず宿に戻ろうとしたところで、チリンとドアに取りつけられた鈴が鳴った。

現れたのは、まだ十五歳くらいの少年少女。

少年のほうは、見たことがない妙な素材の箱のようなものを抱えている。

「あの～、これを買い取ってほしいんですけど。ここって、そういうのやってるんですよね？　ギルドで訊いたら、今は魔石しか買い取ってないって断られちゃって」

「あ、あの。私たち探索者で、これ1層で拾ったものだから、たいした物じゃないかもしれないんですけど、見たこともないものだったから」

少年と少女が、何かに言い訳でもするかのように、持ってきた品の説明をする。

僕は部外者だから、横から見ているだけしかできないが、しかし少年が持ってきた箱には目を引きつけられた。

なんと言ったらいいだろう。

まるで、遠い未来から来たかのような洗練された箱だ。

彼らは価値がわかっていないようだったが、商人ならば一目でこれがとんでもない品だということがわかるだろう。なにせ、王都の大商家で働いていたことがある僕ですら、見たこともないような素材で作られているのが明白なのだ。

これがダンジョンの、しかも、第1層から出ただって？

第1層なんて僕でも歩けるような階層だぞ⁉

無論、そんなことは俺以上にグレオさんは承知だろう。

表情はにこやかだが、目が笑っていない。

「その箱みてぇのだけか？　見せてもらうぞ」

「えっと、はい。あと、これが中から出たんです。これって、革ですよね？　できれば、高めで買い取ってくれると嬉しいンですけど……」

少年が箱をパカッと開いて取り出したのは、一双の手袋だった。

素材は革……のように見える。だが、純白のソレは、きめ細かく非常に高度な技術で鞣《なめ》されており、手の中でクタッと柔らかく、これもまた見たことがない代物だった。

「そ、それが……第1層から……？」

つい声に出てしまい、グレオさんに目で叱《しか》られ慌てて口をつぐむ。

商人失格だが、こればかりは仕方ないことだろう。

なぜなら、こんなことはありえないのだ。

そもそも、探索者などそうそう簡単に儲かる仕事ではない。

命を懸けてダンジョンに潜り、一年で半分は死ぬか引退せざるを得ない状況に陥る。

残りの半分で中堅にまで上れるのはさらに三割か二割。

10層の壁を破り上級探索者に至れるのはほんの一握りだ。

そして、運良く適正があり中堅の探索者になれたとしても、普通に働くのとそう大差ない収入にしかならないと聞く。

あくまで真面目に働くのが嫌なナマケモノがやる職業なのだ、探索者など。

そういう根底があるからこそ、各地にあるダンジョンにも人気と不人気が。あたりとはずれがある……のだが……。

僕が見たところ、あの箱も手袋も、金貨《きんか》で取引されるような品だ。

魔法が掛かっているかどうかはわからないが、魔導具でなかったとしても、あれだけの見事な品は他に類を見ない。貴族への献上品としても十分に使えるだろう。

しかし、あのダンジョンはろくに何も良いものが出ないのではなかったのか？

ハズレもハズレ。大ハズレのダンジョンだと聞いていたが――

「ふむ……これが第1層からなぁ。にわかには信じられんが……ボウズ、なにかいつもと違うことでもあったのか？　間違いなくメルクォディア大迷宮から出たんだな？」

「はい。それは間違いないです。俺たちいつも潜ってて、違うところなんて……あ、大きな魔物を三匹も従えてる人がいました。その人が教えてくれたんです。この奥に宝箱があるよって」

「ん、んんん？　魔物を従えてる人？　なんだそりゃ。人間なのか？」

「ええ、フィオナさんって先輩探索者なんですけど、その人といっしょでしたから、人間のはずです。魔物には見えませんでした。三匹の魔物も見たことないくらい大きくて強そうでしたけど、すごく大人しくて」

「そういえば、これからメルクォディアはすごく稼げるようになるから、残れって言われました。私たち、全然稼げないからメイザース迷宮街あたりに移動しようかって思ってたんですけど」

女の子のほうもペラペラと情報をしゃべってくれるが、本当のことなのだろうか。

巨大な魔物を引き連れた人間が宝箱の場所を教える？

まるで、迷宮物語のようじゃないか。

「ふぅむ。だが現実にモノはあるわけだしなぁ……」

「あ、あの。それで買い取ってもらえますか？　そんなにしないものなら、自分たちで使おうかなんて思ってるんですケド」

「買い取り金は弾む。安心しろ。ただ少し教えてくれ。確認するがあのダンジョンでは第1層から宝箱は出るのか？　今までいくつ見つけたことがある？」

「……えっと、三年やってるけど俺たちが見つけたのは二つ……三つだったかな？　どうせ罠の解除もできないし、中身もゴミしか出ないっていうんで無視してたんですが、こんな凄いものが出るものだったんですか？　俺たち知らなくて……」

「だから、もしかして先輩探索者に騙されてたのかな～なんて話してたんですケド」

賭けても良いが、その先輩探索者は嘘なんてついていない。

普通、第1層から出る宝なんて、罠のリスクと到底釣り合いが取れないゴミしか出ない。それはどのダンジョンでも同じだ。

さらに言えば、宝箱そのものはダンジョンから持ち出すことはできない。

それがダンジョンの決まり。

だから、これは異常。

それも——特大の。

「……二つで金貨三枚出そう。箱で一枚。手袋に二枚だ」

「えっ⁉　き、金貨ですか⁉　銀貨じゃなく？」

少年と少女は驚いているが、適正な額だろう。

金貨三枚あれば、貧しい家なら半年は暮らしていける。そういう金額だが、おそらくこれには情報料も含まれているはずだ。いくら良いものでも、いきなり高値で売り捌けるようなものではない。

重要なのは、この『異常』の情報を最初に僕たちが知った。その部分にある。

もしかすると――もしかするんじゃないか――？

僕は、心臓が高鳴るのを感じていた。

そんな僕の顔をグレオさんはチラっと見て、少年たちに語りかける。

「なあ、坊主たち。あそこのダンジョンでこんなのが出るのは珍しいことなんだよ。何日かでいいんだが、調査の護衛ってことでつき合ってくれねぇか？　もちろん、報酬ははずむぞ？」

「調査の護衛……ですか？　それは構いませんけど、僕たち第1層までしか潜れませんよ？」

「その格好、魔法使いなんだろう？　なら問題はねぇ。俺は前衛をやれるし、戦闘経験のある奴を何人か連れてきゃあ、3層くれぇまでなら調査できんだろ」

「グレオさん！　ぼ、僕も連れていってください！」

僕はたまらず口を挟んだ。

グレオさんはニヤリと笑った。

その後、10日間ほど調査のために潜ったが、なるほどダーマの迷宮――メルクォディア大迷宮ということらしい――は、探索者がまったくおらず、箱と手袋を売りに来たアレスくんとティナちゃん以外には10日いても一度も人を見かけなかった。

そして、この10日で、僕たちはあの箱と同じものを17個も見つけていた。

1層では毎日一つ。2層では一つか二つ。

3層はすべて探せたわけではないが、どうやら三つはありそうだった。

しかも、中身はすべて違う物。

しかし、そのどれもがダンジョンの第1層で見つかるような既存の品とは隔絶している。

もちろん、出現数はこれから変化する可能性もあるが、10日間の探索で、宝箱が見つからなかった日は一日もない。

そう。

宝は毎日見つかったのだ。


17個の宝箱から出た品々はそのどれもが素晴らしい品だった。

おそらくだが、あのダンジョンの宝は「層」の深さでは内容が変化しない。

1層のものも3層のものも、宝箱の中身に大差がなかったからだ。

その代わり、深く潜れば潜るほど、宝箱の数が増える。

今は僕たちだけが潜っているから、全取りできたが、これからは奪い合いになるだろう。

17個の宝はすべて素晴らしい物だった。

透明の瓶に入った酒。柔らかく太い綿糸で編まれた手袋。薄く滑らかな革でできたサンダル。木の棒の中心に黒鉛が入った筆記具。精緻《せいち》に切り揃えられた純白の紙束。謎の軽く硬い素材でできたナイフ。素晴らしく繊細な作りの革靴。果汁入りの瓶。虫除けと書かれたよくわからない物。ブラシ。穀物が入った袋。革手袋（最初のものとは少し違う形）。小火が出る小型の魔導具。

いくつか重複したものもあったが、どれもこれも長く商売をやっているグレオさんですら見たことがないという。

この中でも、特に驚きだったのが酒だ。

酒が入った箱は全部で三つも見つかった。

最初は中身が何かわからず、最悪寺院の世話になる覚悟をして飲んだ。

匂いが酒っぽかったから大丈夫だとは思ったけど、これがなんと美味いこと。

しかも、過激なほど酒精が強く、好みはあるにせよグレオさんなど自分用にしたいとまで言ったほどだ。

おそらく、1本で一ヶ月は暮らせるくらいの金額になる。

いや、王への献上品にしても良い。

いずれにせよ、その価値は計り知れない。

「…………なあリック。どう思う？　お前ならどうする？」

「そんなの、答え一つしかないじゃないですか」

情報を拡散して、ダンジョンに人を呼び寄せるのが僕たち商人にとっての最善だ。

人が増えれば需要が増え、物が売れる。

僕たちは、その準備を事前に終わらせておけば、誰よりも儲けることができる。

そう。人が集まれば、自然と儲かるのだ。

逆に人間がいない場所で儲けることは不可能だ。商売は人間と人間のやりとりなのだから。

「よし、どのみち人手は足りなくなる。お前も腰を据えるいい機会だろ」

「でも俺、資金が」

「そんなもん俺が出してやる。リックよ、これからどえらいことになるぞ。あのダンジョンで何が起きたのかはわからんが、一つだけわかるのは死ぬほど儲かるってことだ。あそこは難しいし稼げないからって探索者から見切りをつけられたダンジョンだが、こうも変わったとなれば話は別よ。なんだったら、俺だって潜りてぇくらいだ」

「ですよね……。それにしても、凄いな……。どうして急にこんな宝が出るようになったんでしょうね」

ダンジョンで出る宝が変化するなんて話は聞いたことがない。

グレオさんは知っているのだろうか。

「……俺も詳しいわけじゃねぇが……ダンジョン変異ってやつなのかもしれねぇ」

「ダンジョン変異……ですか？」

「ああ。中にいる魔物の種類がいきなり変わったり、地形や構造が変化したりするらしい。俺も噂くらいにしか知らないが、おそらくそれだろう。まあ、ダンジョンがなぜできるのかすら、俺は知らんがな。大事なのは、これが儲かるってことさ」

「確かに」

僕はグレオさんと今後どうするかを話し合い、ダンジョンから見つかった品の半分は僕が預かることになった。

僕たちが儲けるためには、情報を拡散させる必要がある。

僕たちだけでこのお宝を独り占めしてもいいが、それではたいした儲けにはならないだろう。それにすぐに出所を探られるだろうし、危険な目に遭う確率も上がる。

そんなことをしなくても、これだけのお宝が出るようになったのなら、この街は必ず巨大な迷宮都市に成長する。

ワクワクしていた。

グレオさんがいうように、間違いなくどえらいことになる。

その真ん中に僕たちがいることを想像すると、商人として胸が熱くなるのを感じる。

ダンジョンが宝を放出しはじめたことを知り、先手を打って動けるのは僕たちだけなのだから。

書き下ろし短編『一〇日間でできる三つの異文化交流』

ズズン——

と、遠くで重い音。

「成功……した…………？」

「うん……。たぶん？」

その後、何度か同じような音が散発的に発生していたが、しばらくして止んだ。

届いた音は、遠くからのくぐもったものだったが、ここまで聞こえてくるほどの音が発生したということは、少なからずなんらかの現象が起こったのだろう。

私——フィオナには、マホが起こしたコレがなんなのか、ハッキリ言えば全然理解ができていない。彼女が言う『爆発』というものがなんなのかも、実はよくわかっていない。

どうも、勢いよく火が着いて吹き飛ぶ……みたいなことらしいが、そんなもので火炎の化身と言ってもいい竜王種のドラゴンが倒せるとは到底思えなかった。

でも、マホは自信があるようだったし、どちらにせよ彼女に頼る以外、あの竜を倒す手段はないのだ。

「——扉は大丈夫だったか。天井も崩れる心配はないっぽいね？」

マホが上の階層へ続く扉を見て言う。

これまた私はイマイチ理解できていなかったが、爆発が起これればその影響で、あの扉も吹き飛んでこちらの部屋にまで影響が出る——可能性があったらしい。

その説明をしてくれた時のマホは、かなり深刻そうな表情をしていたから、その可能性とやらは私が考えるよりもずっと高いものだったのだろう。

でも、私にはそれも「そうなんだ」くらいの理解だった。どの道なるようにしかならないし、私が力になれることもなさそうだったから。

「うん。それより……倒せたのかな」

疑問を口にする。マホは自信があるようだったが、私にはあれがどれくらいの威力を生むものなのか全くわからない。

「アレは？　なんだっけ、迷宮順化だっけ？　倒せたら、こう、経験値的なものがグオーって入って『レベルアップだ！』ってなるんじゃないの？」

マホは不思議な言い回しをする。ケイケンチとかレベルアップとか。

なぜ迷宮順化のことをそんな風に言うのかはわからないが、彼女の前にいた世界ではそういうものがあったのかもしれない。

私も、いちいち突っ込まない。

マホは頭の回転が速いというか、話が早いし、私には難しい話をすることも多いが、私もバカだとは思われたくない。だから、ちょっと知った風な顔をして、だいたい理解できたことはスルーすることにしていた。

「なるけど……すぐにはそんなにわからないよ？　一晩寝て起きるとわかるけどさ。あっ、でも、竜王種なんて倒したら、すぐにわかるかも。でも、なにもないね。見に行ってみる……？」

魔物を倒せたかどうかは、見ればわかる。

死んだ魔物は肉体を維持できず、結晶だけを残して肉体がなくなるからだ。

だから、そうすればいいと思ったのだけど、マホの答えはノーだった。

「ダメダメ。向こう側、多分まだしばらく地獄だから。絶対に扉開けちゃダメだよ？」

「え、どれくらい？」

「少なくとも10日くらいはここで遊んでようか。ここって、なんでか酸素がどこからか供給されるみたいだけど、扉の向こう側はたぶん酸素ゼロだから。扉を開けたが最後、この部屋の空気、全部持ってかれるというか、バックドラフトで火の海になるかもだから。落ち着くまで放っておかないと」

「な、なんだかわかんないけどわかった」

「よろしい」

本当はぜんぜんわかってなかった。

わかったのは、ダメということと、10日間遊ぶってことくらい。

でも、マホと話す時はそれだけわかっていれば問題ない。

どうせ、私はほとんど力になれない。

だから、彼女に従うことが、ここから脱出する一番の方法なのだ。

其《そ》の一　ベッドを作ろう！

「ここをキャンプ地とする！」

マホが高らかに叫《さけ》び、店の奥のほうから持って来た大きな敷物を、バサァと広げた。

「オホォ～。さすがペルシャ製の超高級絨毯《じゅうたん》は違いますねぇ。見てみて、これ値札。77万円だって」

敷物に寝っ転がって頬ずりする様は、完全に変人なのだが、マホが喜ぶほどの品なのだろうか。

この店にはもっと凄《すご》い、見たことがないものがたくさんある。

この敷物も、確かに毛の密度があるし絵柄も綺麗《きれい》で良い品だとは思うけど、これくらいのものならうちにもあった。

「あれっ⁉　全然驚いてない⁉　77万円だよ⁉　77万円！」

「それがどれくらいの価値かよくわからないし……。高いの？」

「高い高い。私の前にいた世界なら半年くらい生活できるよ！」

「ふぅん」

まあ、そうだろうな。

うちにあった敷物も、庶民の生活費換算ならそれくらいの価値だっただろう。

「いやぁ。いいよね絨毯。私、けっこう憧れだったんだよなぁ。自室、畳だったし。畳の上にラグとか重ねるのもどうかな～って思ってたし、なにせお小遣いもそんななかったからさ。まさかこんな形で夢が叶うと思ってなかったぜ。ほらほら、こうして絨毯敷くと冷たい床が温かみのある居間のような空間に――は、言いすぎだけど、けっこうイメージは変わるよね～」

やっぱり敷物は重要中の重要！　とか口ずさむマホ。

正直言って、彼女の価値観がよくわからない。

いったい、どういう世界からやってきたんだ？　敷物なんてどこの家にでもあるものだし、そりゃ、安価なものではないけれど、彼女がこれほど興奮するようなものだろうか。

私からすれば、着火の道具とか、そういうもののほうが凄いと思うのだけど。

「っていうか、キャンプ地ってなんなの？」

「キャンプ地はキャンプ地よ。ダンジョンに潜《もぐ》る人なら通じると思ったけど」

探索者なら通じる言葉なの？

う～ん？　私はメルクォディアしか潜ったことないしなぁ。

他のダンジョンでは使われてるのかも。

「要するに拠点のことよ。拠点は必要でしょ？　家というにはホームセンターは広すぎるからね。それにずっと駐車場にいるのも落ち着かないしさ。だから、こうして敷物敷いてるわけ。ソレッ！」

マホがいつのまにか持って来ていた二つ目の絨毯を広げる。

大量に敷いて、パオの中っぽくするの憧れてたんだ～とは彼女の弁だが、そのパオというのがなんなのかわからない。彼女は謎だらけだ。

彼女が拠点と定めたのは、ホームセンターと彼女が呼んでいる店の入り口から徒歩五秒の場所だ。

「いつもイベントスペースとして季節商品なんかを置いているあたりだけどさぁ、結局ここが一番アクセスがいいからね。天井が高いのはちょっち落ち着かないけど、そこは自分たちがすごしやすいようにカスタムすれば問題ないでしょ？　なんたって資材は無限にあるんだし！」

とのこと。

ほら。やっぱり意味がわからない。

「それって結局どういうこと？」

「どういうこと……って？」

「いや、だからマホがなにをしたいのかよくわからなくて」

「へ？　だから移住空間を作ろうって言ってるんだけど」

「作る？　マホは大工さんなの？」

「大工？　う～ん、大工……。大工かもしれない……。日曜大工みたいな……。っていうか、フィオナは部屋の模様替えとかやったりしないの？　ああ、そういう文化はないのかな」

部屋の模様替えって、なんだろ。メイドが花を飾ってくれたりとかはするけど、あるものをそのまま使う以外にあるのだろうか。

「…………やっぱりマホは、ぜんぜん違う世界から来た人なんだねぇ」

「えええ、なんでそうなるの？　そんな難しい話じゃなくて、単に秘密基地を作ろうみたいなノリの話よ、これ」

「ひみつ……きち……？」

「ＯＨ……。意外なほど通じない単語が多い……」

これ、私悪くないよね？

難しい言葉ばっかり使うマホが悪い。絶対。


とにかく、マホ主導のもと拠点作りは始まった。

あれから少し説明を聞いたところ、要するに寝床を作るということらしかった。

マホは話が冗長で大げさなんだよ。

「じゃ、フィオナ手伝って。まずはマットレスを運ぶから。自分の好みのものを使って最強のキャンプ地を作ろう！」

「こないだ使ったやつじゃダメなの？」

「あれじゃ味気ないでしょ！　時間も資材もあるんだから、もうちょっと落ち着けてのんびりできる仕様にしたい」

「ふぅん」

これまで……といっても、二回だけだけど、店の奥の方にベッドがいくつか置いてある場所があり、そこをそのまま使って寝た。

柔らかくて清潔で十分すぎるほど良い寝具だったのだが、マホはあれでは満足できないらしい。

そういうところも、よくわからないなと思う。

やっぱり、貴族だったのかもしれない。それか、大商家の娘とか。もしかしたら、ここもマホの家がやってる店だったなんて可能性もあるな。勝手を知りすぎているし。

「さーて、どうしよっかな。既製品のパイプベッドでもいいけど、これだけ広い空間があるんだから、豪華にマットレスを二重にして床に直置きにしようと思うんだ。ベッドから自作してもいいけど、今回はね、アレを作っちゃおうって思ってるから。アレを」

「アレって？」

「ベッドのアレといえば、アレですよ。天蓋《てんがい》！」

「天蓋……？」

またしても、ぜんぜん理解できない私にマホが絵で描いて説明してくれる。

「う～ん。虫除けみたいなもの？　確かに夏には使ったりするかも」

「あ、やっぱり天蓋つきのベッドあるんだ。ファンタジー！」

「その納得の仕方はわからないけどね」

ということで、その天蓋というやつを作ることになった。

時間があるとはいえ、それは本当に必要なのか……？　という気がしないでもないが、マホにとっては必要な作業であるらしい。

虫どころか、私とマホと、店に元からいた動物たち以外なにもいないのに、虫除けを作る意味がよくわからないのだけど……。

◇◆◆◆◇

店の奥には角材とか板材とか、なんに使うかよくわからない部材なんかがたくさん置かれたコーナーがある。

木材ひとつ取っても、正確に同じ形に切り揃えられていて、マホがいたという世界が、ここと は異なる世界なのだと思い知らされる。

「じゃ～、さっそく作っていこうか。マットレスのサイズに合わせて枠作りからだね。天蓋そのものはカッコ良く作る必要ないし、いっそ塩ビで作るのも手だな……」

「えんび……？」

「ポリ塩化ビニル！　軽くて丈夫、なにより安価な最強素材の一角だよ。継ぎ手も豊富だし、天蓋作るならこれのほうが自由度が高いかもなぁ。見た目は安っぽさの局地みたいになるけど」

言いながら、マホはあっちこっち走り回って、その塩ビとかいう素材を用意する。

頭の中で、どういうものを作るのかすっかり算段がついているのか、パイプを切ったり繋げたりして、どんどん組み立てていく。

「はーい、フィオナ、こっち持ってて」

「う、うん」

「これできたらフィオナの分も作るからね。あっ、フィオナはフィオナで作ってみる？　時間あるし」

「わ、私はいいかな……。見てるほうが楽しいし」

「そう？」

そうして、私は作業するマホを見ていた。

どうやら寝具の囲いを作っているようだった。

私が知っているのは、布を一点から吊り下げて寝台を覆う虫除けだったから、四隅から柱を立てて囲う形は想像と違ったけど、思ったよりもガッチリしたものだ。

しばらくして、同じものが二つ完成した。

「じゃあ、運ぼうか～。我ながらいい感じにできたよ。あ、でもこれ強度的には弱いから寝ぼけて枠の部分を踏んづけると壊れるから、そこだけ注意してね」

ペラペラと説明してくれるマホは、もうドラゴンのことなんて忘れたみたいだ。

彼女は物作りが本当に好きなのだろう。

「んじゃ、上に被《かぶ》せる布を選ぼう。私は、レースのカーテンとシーツを合わせるかなぁ」

そう言いながら今度は寝具が置いてあるコーナーへと向かう。

マホはこんなに広い店なのに、どこになにがあるのかわかってるみたいだ。

「このへんのならなんでもいいよ。好きなやつをどれでも何枚でも。あっ、でもあんまり重たいのはダメだよ。あれ、耐荷重知れたものだから。私は、ちょっと落ち着いた緑系でいくかな」

正直、どれでもいい――と言いかけたが、マホが楽しそうだし、少し選んでみてもいいかもしれない。

実際、並べられているものを見ると、本当に選《よ》り取り見取り。こんなに綺麗な布が大量に置かれている場所なんて、王都の御用商人の倉庫にもないいんじゃないだろうか。

――もし。もし本当にここから出ることができたなら、家の借金なんてすぐに返済できるだろう。なんて……まだあの竜が倒せたかどうかもわからないのに、考えても仕方がないけれど。

「私、これにする」

「おおっと！　さすがフィオナ選手お目が高い！　それはジャガード織りのちょっと高いカーテンだね。このホームセンターってば、謎にわりと高いやつも置いてるんだよなぁ」

一番ボッテリとしたやつを選んだら、どうも高い品だったらしい。

こっちの透けるように薄くサラサラな生地のほうが、どうみても高級そうに見えるのだが、マホが言うにはそれはどちらかというと安いものなのだそうだ。

私が安いと思うものが高く、高いと思うものが安い。

マホの前にいた世界のことは、ホントよくわからない。

ベッドシーツやブランケットや枕なんかも選んで、いよいよ寝台を作り始める。

店で一番大きなマットレス（というらしい）を重ねて、その上にシーツを敷いて。

マホが言うには、こんな贅沢《ぜいたく》なマットレスの使い方は王侯貴族ものだよ――とのこと。冗談だか本気なんだかよくわからないが、確かに最終的にでき上がったベッドはすごく大きく綺麗で、確かにこれならゆっくり寝られそうだった。

「店のド真ん中にいきなりベッドが二つあるのって、なんかすごくシュールだわ。今さらだけど」

「でも、マホがこの天蓋……っていうの作った意味わかるよ。寝転がってみると安心できる感じ」

最初はこんなのいるかな？　って思ってたの否定できないけど、想像よりもずっと良かった。

「視界が限定されるからね。人間って狭いところのほうが落ち着くものらしいよ？」

「そうなの？　ダンジョンの中はあんまり落ち着かないけどな……」

「さすがにダンジョンは例外だって」

お互いのベッドの上で寝転がりながらアハハと笑い合って、張り詰めていたものが少しずつ溶かされていくのを感じていた。

マホが優しい顔で微笑《ほほえ》んで、私も釣られて笑って。

今、ここがダンジョンの最下層だということを忘れてしまうくらいに。

其の二　お風呂《ふろ》に入ろう！

ベッドが完成した後、テーブルや、「てれび」とか「ぶるーれいでっき」というやつを二人で運んで、マホが言うところの「りびんぐ」というものを作ったりした。

植物が置いてあるコーナーから、幹がグネグネと絡み合った変な植物を持って来たり、ポチと夕マ用のベッドも用意したりした。それぞれの荷物なんかほとんどないのに、ちゃんと個人用の棚まで用意して、マホは妥協を知らない性分のようだ。

魔導具ではないのに、もの凄く冷やすことのできる冷蔵庫に飲み物をセットしてから、寝るときにはちゃんと寝間着に着替えたほうが良いとか言い出して、それも二人分揃えた。

マホはこんなダンジョンの中にいきなり連れて来られたのに、ちゃんと生活をしようとしていて偉いなと思う。

私は未だに探索者としてここにいる気分が抜けていないのかもしれない。

最低限のもので十分であるという気分が。

「けっこう疲れたねぇ」

「一気に用意したもんね。私は迷宮順化があるからまだいいけど、マホは疲れたでしょ。今日はもう寝る？」

「寝たい気もするけど、地味に汗かいたんだよなぁ」

「そのへんで拭《ぬぐ》ってくれれば？　水はあるんだし」

「水……？　水かぁ……。水はやだな……」

そう言いながらフラフラとどこかへ歩いていくマホ。

私はそのまま寝ちゃおうかなとのんきに考えていると、しばらくしてニコニコしながら戻ってきた。

「ね～、フィオナ。お風呂入ろっか？」

「へ？　お風呂？　お風呂なんてあるの？」

「あるよ。ちょっと見てきたけど、投げ込み式ヒーターもあるし沸かすのも問題ない。問題があるとしたら、排水がちょっと困るってことくらいかな」

「入る入る！　入りたい！　実は、けっこう汗もかいてて気持ち悪かったんだよ」

さすがに極限状態だったし、ダンジョンに入れば何日もお風呂に入れないことなんてザラだったから、そんなものに入れる可能性にすら思い至らなかった。

人間というのは不思議なもので、入れないなら入らないでもまあ慣れてしまうらしく、私もけっこう平気だったが、入れると聞いた途端、急に風呂が恋しくなってしまった。

「排水の問題があるから、ホームセンターの中ではダメだからね。開放感タップリだけど、駐車場にお風呂用意しちゃうよ！」

「なんか恥ずかしいけど、楽しみ」

「じゃあ、早速用意しちゃうか〜。ちょっと重いもの運ばなきゃだけどね〜」

そうして二人で運んだのは、ツルツルした素材でできた四角い桶《おけ》みたいなもので、どうもこれに水を入れて沸かすらしい。

「とりあえず、水をホースで引っ張って……と。水道が生きてるのは良かったね。タップリ溢れるくらい沸かすぞ〜。ん？　それより、いっそバスタブ二つ沸かしちゃうか？　身体《からだ》洗うにもお湯使うし、そのほうがいいよね？　それじゃ、水貯《た》めてる間に、もう一つ運ぼう」

作業しながらペラペラとよくしゃべるマホ。

彼女はビックリするぐらいおしゃべりで、私の感覚だとほぼ常にしゃべっていると言ってもいいくらい、よくしゃべる。最初は独り言なのかな？　とも思ったが、どうも私に語りかけているらしい。やはり異世界人だ。

「外のコンセントにコードリールを繋いで……っと。投げ込み式のヒーターなんて、向こうにいたころは存在すら知らなかったけど、地味に便利だねこれ。あ、バスタブ溶けないかな。熱くなるんだろうし、五右衛門風呂みたいに底にスノコでも敷いておくか？　スノコじゃ浮かんでくるからダメか。重しも一緒に入れておけば問題ないっちゃないけど、そんなことする意味ある？　投げ込み式の商品だし、接触面は熱くならないか。だいたい、溶けるわけないんだよなぁ。それより、設定温度どうしよ。42度は少し熱いかね。フィオナがどれくらいの温度が好きかわからないし、間をとって41度で様子をみるか。これ、沸くまで何分くらいかかな。けっこうかかりそう」

という具合に、なんか常にしゃべっているわけだ。

どうも私に話しかけているらしいけど、返事を期待しているわけでもないようで、まだ慣れない。

「よし、これでオッケー！　あとは、少し待てばあったか～いお風呂に入れるよ！　あ、シャンプーとかボディソープとか着替えとか用意しなきゃ。それにベッドまで続くスノコロードも作りたいね。いや、サンダル履けばいいか。うわ～」

「お、おちついてマホ。そんなにすぐお風呂なんて沸かないんでしょ？」

「え？　なんでわかるの？」

「自分で言ってたじゃん！」

「そうだっけ？」

やっぱり独り言かもしれない。

しばらくしてお風呂が沸いた。

ほかほかと湯気が立ち上り、今すぐ裸になって飛び込みたい衝動に駆られる。

「ふふふ、フィオナ。私が頭を洗ってあげるからね」

マホが両手をワキワキさせながら言う。頭ってのは髪のことだろうか？

「香油をつけるだけじゃなくて？」

「まさか！　っていうか、フィオナほとんど手入れしてないはずなのに、未だに髪がサラサラなのマジで解せんのだけど、異世界人ってなんなの……？」

「手入れしてます！　ほら、これ。櫛《くし》」

「そのレベルなんだよなぁ……。ふぅむ……これは逆にシャンプーしてしまうことで、なにもしなくても維持できているキューティクルの精霊的なものを殺してしまうんじゃないかという気がしてきたね……。すぎたるは及ばざるがごとしというしな……。どうするか……？」

またブツブツと自分の世界に入ってしまうマホ。

でもまぁ……洗ってくれるというのなら、洗ってほしいかも。小さい頃はメイドが洗ってくれたりしたんだよね。なんか懐かしいな。

「ねぇフィオナ。シャンプーっていう、頭を洗うための洗剤があるんだけどね……？　私は、サッパリしたいから使うけど、どうする……？」

「サッパリするなら私も使いたいけど……。どうしてそんな声を潜《ひそ》めてるの？」

「ホントに……？　無理に使わなくていいからね……？」

「ええ～？　せっかくだから使ってみたいんだけど？　っていうか、さっき洗ってくれるって言ってたじゃん！」

「ほんと？　後悔するかもよ？　フィオナにとっては毒になるかも……っていうか、天然で掛かっていた髪の毛の魔法を解いてしまうかも……」

「……なんで、そんな怖がらせるの……？」

「だってフィオナって現代人が失ったものを持っている可能性高いし……」

髪の毛の魔法ってなんなの……？　マホが意味不明なことを言うのは今に始まったことじゃないが、いよいよ意味がわからない。

「あっ、わかった！　シャンプーって石鹸《せっけん》のことでしょ。あれで洗うと髪の毛バサバサになるもんね～。でも今日はバサバサになってもいいから使いたいかも」

「せ、石鹸!?　石鹸ではないよ？　てか、石鹸なんかで髪洗ったらそれこそキューティクルの魔法がアルカリで溶かされるのでは……？　さすがにやったことないけど」

「じゃあなんなの？」

「だから髪専用の洗剤だってば！」

「じゃあ、問題ないじゃん！」

「そう言われてしまえばそうなんだが……」

言いながら私の髪に触るマホ。

別に普通の髪だと思うんだけどなぁ……やはりマホは異世界人……。

結局、最終的にはマホが折れて頭を洗ってくれることになった。

二人で裸になって頭を洗われるのは、さすがになんだか恥ずかしかったけど、ものすごく泡立つ洗剤で思いっきり洗われて、お湯をザバーっと掛けられるのは、何ものにも代えがたい快感だった。

「シャンプー……すごかった……」

身体も洗って、頭もリンスというのをして、お風呂に浸かりながら呟《つぶや》く。

「私は魔法が解けてないか気が気じゃないよ……。もし、魔法が解けちゃったら毎日ケアしてあげなきゃだけど、幸いいくらでもケア用品はあるから」

妙なほど髪にこだわりがある様子。おそらくマホの世界での常識というか、「髪に神が宿る」みたいな教えがあるのだろう。髪だけに。

髪を洗う洗剤が夥《おびただ》しい数売られていたし、間違いない。

「それより湯加減はいかが？　熱耐性があるからヌルくてたまらん！　って感じてたりしない？」

「ううん、ちょうど良いよ。…………熱耐性？」

熱耐性ってなに……？　マホの世界では一般的なものなのだろうか。人によって、お風呂の適温まで違うとなると、なかなか面倒臭そうな世界だ。

ドラゴンを見ても怖がってなかったし、ネズミまで商品として売っている（なんと食用ではないらしい！）ような世界なわけだし、私の世界とはかなり違った世界であるのは間違いない。となると、私とほとんど同じような見た目の人間であるマホが召喚されてきたのは、かなり運のいい偶然だったと思ったほうがいいのかも？　あれだけ多種多様な商品を売っているのは、いろいろな種族が仲良く同じ場所で暮らしているとか、そういう事情があるからに違いない。

「ふぅ～、やっぱりお風呂はいいよねぇ。あっ、ついでだしポチとタマも洗おうか」

「洗う……？　あの子たちを……？」

「そうだよ？　子どものうちから、慣らしていったほうがいいからね」

動物を洗うという発想が私にはなかったからちょっと衝撃。

でもまあ、マホは私からしてももの凄くキレイ好きだ。特に手を洗う回数は病的なほど。それを私にまで強要してくるし、たぶんそれも彼女の信仰する神がそういうものだからなのだろう。

そう考えると、この施設はトイレも大きいし、やわらかい紙も常備されているし、大きな鏡《かがみ》で見た目もチェックできるし、トイレとは思えないほど清潔だ。

「清潔教……」

「おっ、うまいこと言うね。日本人は特にそうだね。汚れた状態が我慢ならないんだよ。臭《にお》いにも敏感だしね……。あ、そういえば、フィオナは全然臭わなかったけど、やっぱりそれも魔法が掛かってるの？」

「そんな魔法はないと思うし、普通に汗臭かったと思うけど」

「ふ～む？　興味深いね。だとすると、フィオナというか異世界人はめちゃくちゃ体臭が薄いってことなのかも。体臭の原因は雑菌だったかな。微生物がいないってことなのか？　可能性は……あるか。私、生きられるのかな、そんな世界で……」

「生きてるじゃん」

「今は大丈夫かもだけど、こう見えて私、身体に100兆を超える数の微生物を飼ってるんだよね」

「え？　怖……」

群体……ってこと？

見た目は同じで話は通じるけど、やっぱり別の生き物ってことなのかな……。

「な～に、そんな深刻そうな顔して。大丈夫よ、私がここに来て即死してない時点で、私の身体もこっち仕様に調整されてる可能性が高いから」

「そうなの……？」

「そうだよ～」

身体を作り替えられたなんて話を、あっけらかんと話すマホは、やっぱり不思議だ。

私だったら、いきなりこんな場所に呼び出されたら泣き叫んで助けを求めて、すぐ絶望しちゃうと思う。まして、身体まで作り替えられたという自覚まであるならば。

「よ～しよしよしよし。ポチは大人しいねぇ～。あ、フィオナもちょっと手伝って」

マホは話ながら、ポチをエサで釣って捕まえていた。

私も風呂から出て手伝う。

「さてさて、ここに取り出したるは、イヌ用のシャンプーです」

「そ、そんなのまであるの……？」

「あるある。ネコ用もあるよ」

ああ……やっぱり清潔教だ。

このまま私も改宗させられてしまうに違いない。

其の三　映画を見よう！

新しく作ったベッドでぐっすりと眠って、朝ご飯を昨日用意したばかりのダイニングテーブルで摂《と》る。

「いっしょに呼び出されたのがホームセンターで良かったね。豪華なディナーは不得意だけど、朝食に関しては平均的な日本人のクオリティは出せるからね」

「十分すぎるほど豪華だと思うけど」

マホは毎食豪華な食事を用意してくれるが、彼女的にはまだ不足らしい。

ハッキリ言って、私の家がまだ貧乏《びんぼう》じゃなかったころの食事と比べても、ずっと味が濃くて美味《おい》しい。いや、正直に言えば、少し濃すぎるものが多いような気もするが、これがマホの故郷の味というやつなのだろう。贅沢は言うまい。

「でも肉とかさ。もっとドーンとしたもの食べたいでしょ」

「お肉なら、あれ食べれないの？」

「あれ？」

私は少し離れたテーブルの上に並べられたカゴを指さす。

量はそれほど取れないだろうが、あれを食べればいい。ハムちゃんとかいう、丸々とした、放っておくと増えるからと一匹ずつ隔離して飼育している変なネズミを。

マホは食用じゃないとか言っていたけど、別に食べられないというわけでもなさそうだし。

「あ〜、まあねぇ。究極的にはそういうオプションもあるかな〜くらいには考えてたけど。さすがに無理してハムスターを食べるほど、肉体的にも精神的にも飢えてないからなぁ」

「考えてはいたんだ」

「そりゃあね」

自分で訊《き》いておいて、少し驚きだ。マホはあのハムちゃんのこともけっこう可愛《かわい》がっていたから。

確かにネズミにしては丸っこくてフワフワで可愛いとは思うけど。

「私は生き物を食べることは、生きていく上で必要な罪だと割り切ってるから」

「罪？」

「そ。生きるってのは、たくさんの命を殺してその屍《しかばね》の上に立つってことでしょ？　食べるために生き物を殺せないのは誤魔化しだからね。まあ、うちは父親がちょっと思想が強めというか、そういうアレだったもんだから、いろいろやらされて身に染みついてるだけとも言えるケド」

「ふぅん」

よくわからないが、生き物を食べるのは本来は清潔教の教義に反するのかもしれない。

だって、生き物を殺して食べるのは、悩む必要もなく当たり前のことだ。

敢えて言うほどのことでもない。

「まあ、私は魚とか、せいぜい鶏《とり》を絞めたことがあるくらいだけどね……。もしかしたら、フィオナの世界じゃ当たり前のことなのかもだけどさ。私の周りで鶏を絞めたことがある人なんて、一人もいなかったからね」

「一人も？　じゃあ肉を食べたいときはどうするの？　肉はあんまり食べないとか？」

「ううん。スーパーですぐ食べられる状態のが売ってるのよ。それを買ってくるだけ」

よくわからなくて説明を求めると、どうやら、マホの世界はこの『店』みたいなものが、私の想像を遥かに超える数あり、お金さえ払えばなんでも買えて、自分の仕事以外のことはあんまりやらなくてもどうにかなるようになっているらしい。

鶏なんてうちのメイドでも絞めて捌《さば》いているし、私ですらやったことがある。そのレベルの仕事がない世界というのは、イマイチ想像ができない。わざわざ捌いたものを買ってくるなんて、贅沢というか、やっぱり貴族的というか……。そりゃ、私だって自分で料理したりとかはあんまりしたことないけど、それはあくまで私の家が貴族だったからなわけだし。う〜ん？

「……なんか、マホの世界ってぜんぜん想像できないんだよな」

フワフワと頭の中で思い描くけど、たぶんこれも全然違うものなのだ。

「そうだよねぇ……。じゃ、時間あるし見てみる？」

マホの突然の提案の意味は、やっぱり少しも理解できなかった。

◇◆◆◆◇

「ワゴンにブルーレイとかＤＶＤがたくさんあるんだよ。過去の名作から邦画からアニメまでけっこう選べるし、これ見てたらあと９日なんてすぐだね」

「ぶるーれい？　この四角い箱みたいのこと？」

現実をそのまま写し取ったように綺麗な絵が描かれた、手のひらより少し大きいくらいの四角い箱が、ワゴンの中に大量に詰め込まれている。

マホによると、この中に入っている円盤をどうにかすると「てれび」というのに「えいぞう」が流れ出すのだという。サッパリ意味がわからないが、マホは「見ればわかる」という。

「う〜ん。問題はどれにするか……だよな。フィオナにもわかりやすいやつじゃなきゃだし、シンプルにシンデレラにでもするか……？　でも、それじゃあ、現代の地球のことを知ることにはならないだろうし……。となると学園もののドラマとか？　いや、時間あるし、まずはジャブで様子を見て映画に慣らしていくほうがいいか？　……まてよ？　そもそも言葉は通じるのか？　私は日本語で喋っている自覚があるし、フィオナの声も日本語に聞こえているけど、謎の自動翻訳が走ってるだけで全然別言語である可能性もあるわけだし、そうなると吹き替えでも言葉がわからないということになるのか？　さすがに、サイレント映画はラインナップにないし………ま、そこは試してみる他ないか……」

小さい声でブツブツとしゃべり続けながら、四角い箱をガチャガチャと選ぶマホ。

マホが暮らしていた世界に近い絵が書いてある箱を選んでいるのだろうか。それなら、一つずつ見ていけばいいような気もするけど……？

「よ～し、決めた。これにしよう」

マホが最終的に取り出した一枚は、他の色とりどりのものではなく、白黒の比較的地味なものだった。

なぜ敢えて地味なものを選んだのか、マホなりの理由があるのかしら？

「これ、歴史的名作だから内容は問題ないだろうけど、問題は言葉がわかるかなんだよなぁ～。ま、ダメだったら、私が逐一説明すればいっか。そんな難しい内容でもないし」

言いながらガチャガチャと別の四角い鉄の箱を操作するマホ。

私は真《ま》っ黒《くろ》な板の前のソファに座らされ、マホが『えいが』を準備するのをただ待っている。

「コーラもキッチリ冷やしといたからね。あとポップコーン……っと。さほどテレビは大画面でもないけど、昔はこんなサイズでも超超大型扱いだったらしいし、十分だよね」

「なんだかわかんないけど、なにが始まるの……」

「すぐわかるよ。あ、私電気消してくる。やっぱり映画は暗い中で見たいよね……」

外と違い店の中には光虫がいないし、真っ暗だ。

こんな暗くして一体マホはなにを始めるつもりなの……？

「じゃあ、上映開始だ～！　再生！」

暗い部屋にポッと明かりが灯《とも》る。

黒い板――テレビのあった場所だ。マホが少し前に「でんきが来てるんだからでんぱも来てればよかったのに来てないんだよなぁ。そしたらテレビ見れたのに。たぶん大にゅーすになってるよ、ホームセンターがまるごと消滅とかって」とかなんとか言っていて、意味はほとんどわからなかったが、『でんぱ』というのが来ていないとテレビは見れない……ということらしかったのだが——

暗闇の中、軽快な弦楽器の音楽が流れる。

その後、画面に文字——私には読めないが——が映し出され、しばらくそれが続いた。

「……これなに……？　どういうこと……？」

「フィオナの世界でも、舞台でお芝居を観たりするのってあるでしょ？　演劇がどういう形で普及してるかは知らないけど、役者が悲劇とか喜劇とか繰り広げるやつ。それを大がかりに作ったもの……って言えば伝わるのかな」

お芝居？　じゃあ、そう言えばよかったのに。私だって、マホに出会ってからもういろいろ驚いてきたし、今さらちょっとやそっとじゃ驚きませんて。

なんて考えている間に、画面は街を映し始めた。

「えっ⁉　これがマホの暮らしてる街ってこと⁉　すごい！　王都でもここまで綺麗な石畳は敷いてないよ！」

「良いリアクションだねぇ。いきなり現代ものを見せなくて良かったよ」

「え？」

「いやこっちの話。あと、私が暮らしてた街でもないです」

画面には文字がいくつもいくつも映し出されている。その後ろに街の風景が映し出される。とても大きな建物が多く、もしかしたらあれらが清潔教の神殿なのかもしれない。

しばらくして、いよいよ人間の声が聞こえ始めたところで、急に画面が動かなくなった。

早く続きが観たいんですけど。

「ちょい一時停止するけど、言葉わかった？」

「うん。王女様が親善旅行にどこかに行ったとかって。それより、早く続き」

「完璧。どういう理屈だか知らないけど、翻訳がこれにも効いてるのね。あ、わかんないとこあってもとりあえず適当に流して観てくれればいいからね。もしアレだったら、私が逐一解説してもいいけど」

「いいから早く続き続き」

どうやら王女が親善旅行に各国を回り、その最後、ローマという都市でのでき事を描いたものらしい。

細かい部分はわからない場所もあるが、だいたいわかる。マホの世界も私たちの世界も、思っていたよりは違いがないようだ。それにしても、王女が凄まじい美人だ。

話が進んでいく。

これがどういう風に作られたものなのかはわからない。

マホはお芝居だって言ったけど、到底そんなレベルの代物じゃない。

本物だ。

本当に起きたことをわかりやすく見れる形で作られている。

王女のたった一日の秘密の冒険。

王女のたった一日の秘密の恋。


余韻をたっぷりと残して、映画が終わる。

言葉もなかった。

隣を見ると、マホと目が合う。

画面の光を受けたマホの横顔が、ニヤニヤと笑っている。

「そんなに良かった?」

良かったなんていう言葉で言い表していいものではない。

ラストシーンはもう涙で画面が見えないほどだった。

こんな悲しく美しいことがあるだろうか? 私は貴族の出だけど、別に両親から結婚についてうるさく言われていないし、良い相手が見つかれば、まあ反対もされないだろう。

もちろん、家から出るのは条件となるだろうが、元々今だって出ているようなものだ。

王都に住む王女様も、こんな恋をしたりするのだろうか。

「いやぁ、楽しんで貰えてよかったよ。次はもう少し攻めた作品にしようか~。一気に現代物を見せてギャップを楽しむというのもアリだね」

「今の、もう一回観る」

「アニメも豊富にあるし、それでもいいな…………って、なんて？」

「今の、もう一回観る」

「え？　『ローマの休日』をもう一度⁉」

「そう。早く早く」

「え、ええ～～…………」

◇◆◆◆◇

「もう一回観る」

「ええええええ～～…………。フィオナ、もう4回目だよ？　そろそろ寝る時間だけど」

「あと一回観たら寝るから」

「ま、まさかここまでハマるとは……異世界人相手に映画見せる商売やったら億万長者だなこれ……」

「ブツブツ言ってないで早くして。何度でも味わいたい……この感動…………」

映画、最高すぎる。

こんなのが大量にあるなんて、私がマホの世界に呼び出されたなら良かったのに。

あとがき

お買い上げありがとうございます、作者の星崎崑《ほしざきこん》です。

前作の「俺にはこの暗がりが心地よかった」からだいたい一年ぶりくらいの刊行ですので、かなりお久しぶりという感じかもしれません。私くらいの年齢になると一年なんて本当にあっという間で、「このまま何もかも半端なまま死ぬのでは……？」という危機感を覚える次第です。

歳、とりたくねぇ～～～。


今作は私史上初の女性主人公ものです。いやぁ、いいですよね、女性主人公もの。一度は書いてみたかったんですよ。え？　「マホの中身オッサンじゃねーか！」って？　いえいえ、見た目が女の子なら、中身がなんであれ女の子なんですよ。そんなアニメたくさん見たから間違いない。それに、人間ってのは、我々が考えている以上に多様性に富んでいるものですからね……。世界は広い。マホのような女子高生もそれなりにいるでしょう。数は少ないでしょうが……。

さて、今作はホームセンターが題材の一つになっており、ちょっと古き良きなろう小説を思い出した読者さんも多いのではないでしょうか。あのころは、まだ異世界×ホームセンターに夢や希望がありましたからね。最近ではとんと見かけませんけど。

で、今作を書くにあたって、私、ホームセンターいろいろ行って売ってるものとか調べました。マホといっしょに転移してきた「ダーマ」は、ガソリンスタンドが併設されているタイプという設定ですが、実はガススタが併設されてるホームセンターはあんまり数が多くなかったりします。

食品に関しても重い物（米とか飲料）や保存食は扱っているけど、一般的なものは全然というのがスタンダードだったりして、小説にするのにどのラインにするかけっこう悩みました。

大きいホームセンターだと、薬局やらスーパーやらが併設されていて、たこ焼き屋とかうどん屋とかマクドナルドまで入ってるパターンもある（というかフードコートが併設されている）。多種多様なんですね。そんな状況で、どのタイプのホームセンターを選ぶか……。まあ、結果としては、あんまりたくさんは揃ってない感じにしましたが、これには一応理由があります。

基本的には女の子が主人公だしイージーにしたいけど、あまりに「なんでもある」だとAもBもCもあるという状況になってしまい、それはそれで面倒なんですよね。Aを選んだ時に、どうしてBもCもあるのに敢えてAを選んだの？　ってなってしまう。それって雑味になるから。

なので、「ダーマ」はガススタは併設されているけど、それ以外は薬局が入ってる程度の普通のホームセンターということにしています。……まあ、スーパーもあるとかにしちゃったら、ホームセンターが主だか、スーパーが主だかわからん話になりそうってのもありましたので。

結果的には、いい感じになったのではないかなと思います。ホームセンターって地域性もあるし、面白いですよね。

さて今回、あとがきページがいつもの倍あるので、自分自身のことも書いてみようかと思います。最近……というか、もうけっこう経つと思うんだけど、古着がブームらしいという情報をキャッチした星崎は、夏に家族旅行で東京の高円寺へ向かったんですね。高円寺には古着屋がめちゃくちゃたくさんあるんです。その時はぐるぐると街中まわって、麻《あさ》のシャツとデッドストックのスリーピングシャツ（軍払い下げのパジャマよ）なんかを買うに留《とど》まったのだけど、そこから火がついてしまって、これを書いている現在も着る物をアホみたいに買いまくっている次第です。

服ってけっこう高いもんだから、靴とか帽子とか小物なんかも含めるとけっこうな額が飛んでいくわけですが、光陰《こういん》矢のごとし、私ももうオッサン。若い頃に着ていたような服をいつまでも着るのはいかがなものかという、至極《しごく》真《ま》っ当《とう》な気持ちがずっと燻《くすぶ》っていたのも確かで、ワードローブの入れ替えをする良い機会となりました。夫婦そろって、いらない服やらなんやら、だいぶ処分することができました。……処分した分また新しく買ってるわけだから、結果的に減ってない（むしろ増えてる！）んですが、まあ、減らすことだけが目的ではないのでセーフです。

そんな、古着から始まったプチブームでしたが、最近は「年相応なものを身に付ける」という方向でなんとなく落ち着いてきた感じです。私、貧乏が長かったものだから、古着かユニクロですべて済ましてきたのだけど、元来の物欲人間の性《さが》というか、欲しくなったらけっこうのめり込んでしまうタイプなんですね。ファッションにはぜんぜん疎《うと》かったですが、まあまあ楽しくやれているので、しばらくは楽しめそうです。……ただまあ、私の若い頃ってアメカジが熱い時代だったんで、未だにアメカジの亡霊に取り憑かれていて、ついつい赤耳のジーンズとか、ファーストモデルのG

ジャンとか欲しくなってしまうのだけは玉に瑕《きず》です。はやく成仏してくれ！

近況としてはそんな感じです。オチはないです。いや…………そうだなぁ。地元の服屋で、店員さんに激推しされて、私もいいじゃん！　ってなって11月に定価で買った10万円のコートが一昨年のモデルだったくらい。しかも、ついついモデル名で検索したらセカストに同じやつが１５０００円で売っていたので、それもなぜか買ったってことくらい……。いや、いいんですよ。私もいいじゃん！　ってなって納得して買ったんだから。いや、マジで。

泣いてない！　泣いてないよ！


最後に謝辞《しゃじ》を。

イラストの志田《さねだ》先生。マホもフィオナも可愛《かわい》くて、主人公が主人公かつヒロインだと一キャラで二粒お得などと感じ入っておりました。担当編集のYさん、お忙しい中作品についていろいろ考えて下さりありがとうございます。これからもよろしくお願い致します。そして、ＧＡ編集部の方々、本書の製作販売に関わったすべての方々に最大限の感謝を。

それではまた、次巻でお会いしましょう！

GAノベル

ホームセンターごと呼び出された私の大迷宮リノベーション!

2024年2月29日　初版第一刷発行

著者　星崎　崑

発行者　小川 淳

発行所　SBクリエイティブ株式会社
〒105-0001　東京都港区虎ノ門2-2-1

装丁　AFTERGLOW

印刷・製本　中央精版印刷株式会社

ISBN978-4-8156-1811-7
Printed in Japan

ファンレター、作品のご感想をお待ちしております。

〒105-0001　東京都港区虎ノ門2-2-1
SBクリエイティブ株式会社
GA文庫編集部 気付

「星崎　崑先生」係
「志田先生」係

本書に関するご意見・ご感想は
下のQRコードよりお寄せください。
※アクセスの際に発生する通信費等はご負担ください。

https://ga.sbcr.jp/

試読版は
こちら!

試読版は
こちら!

試読版は
こちら!

第17回 GA文庫大賞
GA文庫では10代~20代のライトノベル読者に向けた
魅力溢れるエンターテインメント作品を募集します！
書く、その先へ。
イラスト／はねこと
大賞賞金300万円+コミカライズ確約！
◆募集内容◆
広義のエンターテインメント小説（ファンタジー、ラブコメ、学園など）で、日本語で書かれた未発表のオリジナル作品を募集します。希望者全員に評価シートを送付します。
※入賞作は当社にて刊行いたします。詳しくは募集要項をご確認下さい。
全入賞作品を刊行までサポート!!
応募の詳細はGA文庫公式ホームページにて
https://ga.sbcr.jp/